DANS LE CŒUR D'UN TUEUR À GAGES

1

Il y a des jours comme ça, où on devrait faire autre chose ! Comme par exemple aller au cinéma ou manger une glace ou encore rester chez soi à ne rien faire ou à regarder Netflix toute la journée. Enfin, ce genre de connerie, vous voyez ? C'est ce que j'aurais peut-être dû faire… À l'heure où je vous parle, je suis allongé par terre dans ce putain de désert du Nevada avec deux balles dans le buffet ! Pourquoi j'ai accepté ce job, pourquoi j'ai dit oui…?

Pour que vous puissiez bien comprendre, nous allons revenir une semaine en arrière.

Je me présente : je m'appelle Joseph Carmino, mais tout le monde m'appelle Joe. J'ai 42 ans et ma profession : tueur à gages. Je travaille pour la famille Barzzano, une des plus grandes familles mafieuses des États-Unis, qui est installée à New York avec à sa tête Vinny Barzzano, un grand mafieux aussi gros que con !

La famille Barzzano s'est établie à New York fin des années 1920, dans le quartier de Little Italy au sud de Manhattan. Dans l'ensemble, Vinny, c'est un bon *padrino*. Il me paye bien donc je bosse pour lui. Il est en conflit permanent avec une autre grande famille mafieuse : les Connolly, dirigés par Cian Connolly. Des Irlandais qui se sont implantés dans les années 1930 à Las Vegas. Ils sont dans le business depuis au moins quatre générations ou un truc dans le genre et n'ont aucune pitié pour écraser la concurrence. Forts, businessmen, amateurs de whiskey, aimant la castagne ! Bref, des mafieux irlandais quoi ! Et bien sûr, sans aucune faiblesse ! Sauf peut-être une : leur fils ! Michael Connolly. Gentil garçon mais avec un léger handicap moteur, je crois … ou quelque chose comme ça, je ne sais plus, mais on y reviendra plus tard.

Il y a une semaine, mon ami Sonny Borelli, qui travaille lui aussi pour Vinny Barzzano, me demande de passer le voir pour régler une petite affaire. Jusqu'ici rien d'anormal, c'est mon job !

Tueur à gages, dans sa globalité, c'est prendre une vie contre de l'argent, c'est le principe de mon boulot. Il ne faut avoir aucun état d'âme, aucun remords, sinon vous êtes incapable de faire un métier comme celui-ci. Lorsque j'ai débuté dans la profession, j'ai appris une chose qui m'a toujours aidé à passer le cap, et à continuer à faire ce job sans me retourner : en général, les gens que je tue ont choisi leur mort, en fonction de leur vécu. Voilà pourquoi je n'ai pas de remords, je ne tue pas d'innocents.

Voilà pour la petite parenthèse, mais revenons à Sonny Borelli. Sonny a toujours travaillé pour la famille Barzzano. Gamin, il était orphelin, il errait tous les jours que le bon Dieu fait dans un quartier du Queens. Un jour, Vinny l'a sorti de la rue et il lui a offert un toit, à manger et une famille. Depuis ce jour-là, il n'a plus jamais quitté la famille. Il a commencé comme simple soldat et aujourd'hui est *caporegime*. Cela veut dire qu'il a environ une dizaine d'hommes sous ses ordres. Vinny l'a toujours considéré comme son fils. C'est quelqu'un de bien qui est posé et réfléchi. De plus, il n'a jamais été un grand fan des *Règlements de comptes à OK Corral*[1], façon de parler.

Enfin, reprenons le cours des événements avec la petite affaire qui, en réalité, n'est pas si petite que ça ! En fait, je ne le sais pas

---

[1] *Règlements de comptes à OK Corral* est un film retraçant la fusillade du même nom qui a eu lieu en Arizona en 1881.

encore, mais cela va être le début de mes emmerdes…

Joe : Salut Sonny. Vas-y, rentre. Comment vas-tu ?

Sonny : Salut Joe. Ça va, un jour parmi tant d'autres !

Joe : Tu n'as pas l'air au plus grand de ta forme, Sonny. Alors parle-moi de cette petite affaire, ça semblait assez urgent quand je t'ai eu au téléphone tout à l'heure.

Sonny : J'ai vu Vinny ce matin et il a du travail pour toi. Un contrat à te confier. Mais avant que tu me donnes ta réponse, laisse-moi t'expliquer de quoi il retourne.

Joe : De quoi il retourne, Sonny ? En général, quand tu commences une phrase de cette façon, ça sent pas bon. Allez, explique-moi s'il te plait.

Sonny : Ce matin, une affaire a mal tourné à Kansas City. Enfin mal tourné, elle a complètement merdé, plutôt !

Joe : Ok, Sonny, viens-en aux faits, je n'ai pas envie d'y passer la nuit. En plus, vu ton hésitation, c'est pas bon signe du tout, ton histoire !

Sonny : Francky Barzzano s'est fait descendre ce matin dans un quartier de Kansas City. D'après ce qu'il se dit, c'est Liam Connolly qui l'a buté sur ordre de son frère. Apparemment, Cian avait convenu d'un deal avec Vinny, mais uniquement pour le fric. Mais visiblement, Cian a été trop gourmand sur le coup et a voulu prendre la totalité du fric et tu connais la suite, je ne vais pas te faire un dessin !

Joe : Vinny va sûrement m'envoyer buter ce con de Liam qui n'a pas pu laisser son flingue dans sa poche !

Sonny : Tu te trompes Joe, ça va être encore pire que ça. La boucherie vient d'ouvrir ses portes, enfin, façon de parler !

Joe : Comment ça « pire que ça » ? Qu'est-ce qui peut être pire pour Vinny que d'apprendre que son fils s'est fait buter par ses pires ennemis ?

Sonny : Vinny a reçu la tête de son fils ce matin dans un carton livré par un coursier. Il a tellement hurlé de douleur que son cri s'est entendu jusqu'à Staten Island ! C'est pour te dire !

Joe : Merde ! Putain, qu'ils sont cons, ces Irlandais. Vinny va nous péter une durite !

Sonny : Ce n'est rien de le dire. Ce matin, de rage, il a démoli la moitié de son salon avec son club de golf et il a aussi envoyé sa télévision dans le fond de sa piscine ! Vinny veut te parler mais après les obsèques de son fils, pas avant, vieux frère.

Joe : Ok, ça marche. Les obsèques ont lieu quand ?

Sonny : Dans deux jours à Trinity Church.

Joe : Très bien. On se voit là-bas. À plus, vieux frère !

Sonny : À plus, Joe.

Putain ! Il ne manquait plus que ça ! Cet abruti de gamin qui se fait descendre en voulant jouer les Al Capone ! Mais bordel, à quoi joue Vinny en envoyant son fils régler un deal face à Liam Connolly !?

Liam Connolly, un dégénéré, sanguinaire et assoiffé de pouvoir qui ferait n'importe quoi pour baiser la belle Dylis Connolly, la femme de son frère ! Comme le disait un de mes copains quand il parlait de lui : « Liam, il n'a pas toutes les tasses rangées dans le même meuble ! » Image curieuse mais tellement réaliste.

À propos de Dylis Connolly : c'est une femme fatale, intelligente et l'épouse de Cian Connolly. Elle est issue d'une riche famille avec une très bonne éducation, mais c'est aussi une femme d'affaires redoutable et une *consigliere*[2] parfaite pour son mari. Avec leur fils, Michael, c'est une mère lionne, prête à tout pour le défendre ! Comme je vous le disais un peu avant, le pauvre gamin a un léger handicap moteur, ce qui le rend encore plus vulnérable dans ce monde pourri. Je connais très bien Dylis, nous nous sommes rencontrés il y a quelques années ! Elle et moi, nous avons eu une histoire qui a duré un moment. On se voyait régulierement, nous étions vraiment heureux ensemble. J'avais même envisagé d'arrêter ce boulot pour elle si elle me l'avait demandé ! Et puis, un jour elle a disparu... Ça va faire

---

[2] Le *consigliere* est un poste dans la structure de la mafia sicilienne, américaine et calabrese. Il s'agit du bras droit du parrain, son conseiller.

maintenant presque treize ans que je ne l'ai pas revue.

À l'époque où nous étions ensemble, elle ne connaissait pas Cian. Elle l'a rencontré juste après. Dylis ne lui a jamais parlé de notre histoire et, croyez-moi ou non, j'ai apprécié sa discrétion !

Enfin, revenons à ce trou du cul de Liam. Je suis même étonné qu'il n'ait pas encore buté son frangin pour prendre sa place à la tête de la famille et, accessoirement, sa femme aussi ! Il a toujours voulu se farcir sa belle-sœur, ce gros porc, mais s'il bouge, c'est son propre frère qui le tuera, donc … ben, il bouge pas et attend son heure.

Bref, ça sent pas bon tout ça ….

Bon, je vais rentrer chez moi, ça fait trop d'informations à digérer en si peu de temps et, surtout, beaucoup d'incompréhension autour de ce meurtre.

2

Quand je bosse sur New York, j'ai un petit appartement à Coney Island, au sud de Brooklyn. Simple, qui n'attire pas l'attention. Dans ma profession, mieux vaut être trop discret que pas assez.

Sur le trajet pour rentrer chez moi, je réfléchis à cette situation qui va sûrement déboucher sur une guerre des clans. Vinny ne va pas laisser passer ça, et encore moins depuis qu'il a reçu la tête de Francky dans un carton. La provocation de la part de Liam a atteint son apogée !!!

J'envisage deux solutions. Ça fait déjà quelques années que je bosse pour Vinny et je commence à le connaître. Soit il me demande de lui ramener la tête de Liam pour qu'il puisse la poster lui-même à Cian Connolly, soit, et j'espère que ce ne sera pas ça, il va s'en prendre à Michael ! Le gosse est handicapé, il ne comprend même pas tout le bordel qu'il y a autour de lui ! Et là, ça va être plus problématique pour moi car, même si je peux pas blairer les frères Connolly, qui sont cons comme des manches, je ne peux pas faire ça à Dylis. Elle est encore présente mon esprit dans malgré le temps. Je verrai bien mais je connais Vinny et je sais de quoi il est capable quand il s'agit de vengeance. De toute façon, pour Vinny, un Connolly en vaut un autre et il compensera la perte d'un fils par la perte d'un autre fils ! Logique : œil pour œil et dent pour dent comme le veut le dicton ! Un choix qui ne m'arrange pas trop parce que, dans mon job et en vingt ans de service, je n'ai jamais ni refusé, ni raté un contrat. Je les ai tous honorés.

Pourvu qu'il ne me demande pas de descendre Michael… Je vais attendre que les obsèques soient passées, j'en saurai plus.

Pendant que je rentre chez moi, je n'arrête pas de penser à ce qui aurait bien pu pousser Liam à buter Francky, à lui couper la tête et à l'envoyer à Vinny. Je connais Cian : j'ai effectué quatre contrats pour lui quand j'ai débuté dans le métier et il est plutôt réfléchi comme garçon. Ça ne lui ressemble pas, ce genre de fiasco ! Pour lui, le business et l'argent passent avant tout. Il sait très bien que s'il avait ordonné le meurtre de Francky, non seulement il aurait signé son arrêt de mort, mais aussi celui de toute sa famille ! Et pas forcément dans cet ordre-là ! Il y a quelque chose qui ne tourne pas rond dans cette histoire.

Bon, en attendant les obsèques, je vais m'éloigner un peu de New York : je vais aller me détendre à Atlantic City dans le New Jersey. J'aime bien cette ville et ses casinos et, anciennement, ville de la pègre également ! Il parait qu'à l'époque, c'était Enoch L. Johnson, dit « Nucky », qui dirigeait cette ville d'une main de maître[3].

Me voilà donc en route au volant de ma voiture direction Atlantic City. Petite parenthèse sur ma voiture : je conduis une Ford Mustang Shelby GT 500 de 1967. J'adore cette caisse, elle est classée collection et en plus elle, elle en jette.

Pendant que je roule, j'écoute *Fortunate son* de *Creedence clearwater Revival* à fond ! J'adore ce groupe et sa musique !

Autre chose que vous ne savez pas sur moi : je ne vais pas à Atlantic City juste pour le casino. J'y vais aussi pour voir une amie si je peux l'appeler comme ça... C'est une jeune femme que je vois régulièrement. Stella McCarthy, vingt-sept ans, jolie brune, tout ce qu'il faut là où il faut. Bref, une princesse

---

[3] Enoch Lewis Johnson était un homme politique et mafieux américain pendant la première moitié du XXème siècle.

des temps modernes ! Elle bosse pour un fonds d'investissement en immobilier. Elle me fait rêver, cette nana. J'en suis dingue ! Mais elle sait aussi bien que moi qu'envisager un avenir tous les deux est impossible. La raison ? J'ai juste un boulot qui est incompatible avec la vie de couple ! Je ne veux pas la mettre en danger tout simplement. Elle ne mérite pas une vie comme ça, c'est tout. Je suis en train de me dire que je vais sûrement finir ma vie seul ou alors, je vais terminer au fond d'un coffre de voiture quand je me serai fait repasser.

Il faut savoir que, dans ce milieu-ci, si un gars se fait repasser, c'est que quelqu'un a donné l'ordre. Personne ne peut descendre un mec si le parrain n'a pas donné son aval, sinon c'est vous qui vous faites buter !
Dans ce genre de boulot, on n'est jamais sûr de rien, alors je garde Vinny dans ma poche. C'est mieux comme ça !

Mais je m'éloigne. Reparlons de Stella. Je la vois parce qu'elle est la seule en dehors de la famille Barzzano à connaître mon activité de tueur à gages et surtout, le plus important : elle ne me juge pas. C'est vrai, je fais un métier hors du commun, voire « sale » et peu conventionnel … Mais c'est la voie que j'ai choisie, c'est comme ça, et il est très important que, parfois, je m'évade de tout ce contexte malsain. Elle est la seule avec qui j'arrive à vider mon sac. Rien que ça, ça en dit long sur notre relation ! En quelque sorte, c'est ma psychologue mais je ne la paie pas !

Pendant que je roule en direction d'Atlantic City, je me demande toujours pourquoi Liam aurait pris le risque seul de tuer Francky qui plus est, pour un deal à la con ! Il y a quelque chose de pas clair dans cette histoire. Et je sais qu'après les obsèques de Francky, Vinny va me demander de descendre Liam en réparation d'avoir perdu son fils.

Cependant, plusieurs questions restent en suspens :
-Pourquoi se sont-ils retrouvés seuls tous les deux ?
Que ce soit Liam ou Francky, ils ne se déplacent jamais sans leurs gardes du corps.
-Pourquoi le rendez-vous à Kansas City ? On ne conclut jamais un deal sur le territoire d'un autre, mais toujours sur terrain neutre !
De plus, Kansas City, c'est le territoire de la Famille De Luca, qui n'est pas du tout en bons termes avec la famille Connolly !
-Et surtout, c'était quoi réellement ce deal à la con ?
Un deal oui, mais un deal de quoi ?

Sonny m'a dit que c'était pour du cash mais moi, j'en doute. Je suis dans le milieu depuis plus de vingt ans et je n'ai encore jamais vu ça ! Un gars se retrouve avec sa tronche dans un carton, juste pour quelques dollars… C'est un peu gros quand même ! Ça sent vraiment pas bon tout ça. J'en demanderai plus à Sonny quand je rentrerai à New York. Pour l'instant, place à un weekend de détente avec ma belle.

*

Toc toc toc !

Joe : Salut Stella. Comment ça va, ma belle ?

Stella : Salut Joe. Rentre, ne reste pas planté là. Je suis trop contente que tu sois là !

Joe : Désolé de débarquer à l'improviste mais tu me manquais ! Il fallait que je te voie.

Stella : Je te manquais ? On se connait depuis combien d'années, Joe ? Ça va faire quatre, presque cinq ans ? Et je peux percevoir ton mal-être comme si nous étions mariés depuis trente ans. Alors, qu'est-ce qui ne va pas ?

Joe : Un bordel monstre m'est tombé sur la gueule au boulot, et je ne sais plus quoi penser… En plus de vingt ans de métier, c'est la première fois que j'ai une telle appréhension ! Ça ne m'était jamais arrivé auparavant !

Stella : Quel genre de bordel ?

Joe : Le genre qui va mal se finir …pour tout le monde … moi y compris !

Stella : Je n'aime pas ce que tu me dis là, Joe. Et même si notre relation n'est qu'éphémère, au fur et à mesure du temps, je me suis, malgré moi, attachée à toi.

Joe : Merci pour ta sincérité, Stella mais je ne suis pas venu pour parler boulot. Je veux me vider la tête et ne penser à rien de tout le week-end avec toi. Quand je suis avec toi, je ne suis plus le même homme. Le tueur froid et méthodique que je suis disparaît et je vois la vie autrement mais tu sais aussi bien que moi que notre relation n'ira pas plus loin que ce qu'elle est aujourd'hui. Et je m'excuse de ne pas pouvoir te donner plus.

Stella : Je ne veux pas plus avec toi, je veux juste vivre l'instant présent. Ne t'excuse pas, moi aussi, je la veux cette situation, elle me convient très bien ! Et merci de me donner cet instant présent …

Nous nous embrassons et c'est comme d'habitude un weekend de sexe, de plaisir, d'intensité et, surtout, de beaucoup de champagne ! Stella adore les bulles. Mais c'est particulièrement le seul moyen pour moi d'oublier cette putain de réalité qui m'attend dans quarante-huit heures.

Après deux jours passés avec Stella, il faut que je dise au revoir à ma princesse et que je rentre, direction New York.

3

Aujourd'hui, c'est le jour des obsèques de Francky Barzzano. Tout le gratin de la pègre new-yorkaise va être au rendez-vous.

Difficile pour Vinny de faire son deuil en sachant qu'il va mettre en terre seulement la tête de son fils et non pas le corps tout entier. Eh oui, le reste n'a pas été retrouvé… Croyez-en mon expérience, le reste du corps de Francky est, à l'heure où je vous parle, sûrement en train de barboter au fond de l'eau avec les poissons ! Je lis dans ses yeux sa haine et sa soif de vengeance grandissantes.

Ils sont tous là ! Toutes les familles, le Dom Pérignon de la mafia !
Allez, je vais vous faire les présentations :

À ma gauche, nous avons la famille Nera. Ils sont dans le trafic d'armes et de drogue et sont imbriqués dans des réseaux de prostitution !

Le vieux débris là, en costume noir rayé de blanc, c'est Vicenzo Agnello. Lui, il a dû commencer le business quand Jésus apprenait à faire du vélo! Je sais pas quel âge il a. Peut-être 280 ans ou un truc comme ça. C'est vrai, maintenant que j'y pense, je l'ai toujours connu vieux. Peut-être qu'il est né vieux. Bon bref, lui, il est encore de la vielle école : *pizzo*[4], qui est du racket tout simplement mais aussi trafic d'alcool, vol et corruption.

Passons au suivant. Lui, c'est Jimmy Clementini. Son business tourne essentiellement autour du cash : casino, blanchiment d'argent, vol, racket, faux-monnayage, trafic de bijoux et d'œuvres d'art …

Là, en costard beige avec la cravate rouge, c'est Tony Di Marzo. Lui, c'est un mafieu nouvelle génération : il a abandonné l'ancien business pour se consacrer à la cybercriminalité. Il n'arrête pas de dire qu'Internet, c'est l'avenir !

Et pour finir : Claudio Galletta. Alors lui, c'est le moins con de tous. Il a inventé l'auto-notariat ! Je vous explique. Pour faire court : il tabasse les agents immobiliers et les propriétaires d'immeubles pour qu'ils lui vendent leurs biens immobiliers au prix le

---

[4] Forme de racket pratiquée par les mafias italiennes envers les commerçants locaux.

plus bas, quand il ne les oblige pas à lui donner tout simplement ! Ensuite, il les revend au prix fort avant d'envoyer tout le pognon dans un paradis fiscal via une société *offshore*. Et comme il a fait signer les propriétaires sous la contrainte, les papiers de vente sont officiels et lors de la revente, son business devient légal. Et voilà, le tour est joué !

Maintenant, les présentations sont faites, rien que pour citer les célèbres les plus notoires en activité à New York.

Une fois les obsèques terminées, je vois Vinny qui vient vers moi :

Vinny : Bonjour Joe. Merci de ta présence en ce triste jour, pour la famille et moi.

Joe : Le soutien que je vous apporte est normal, *parrain*.

Vinny : Passe me voir demain matin, disons à onze heures chez moi. Je dois m'entretenir avec toi sur deux ou trois choses, mais rien d'important.

Joe : D'accord Vinny. Je serai présent ! À demain et encore toutes mes plus sincères condoléances, *parrain*.

Quand le *parrain* de la famille mafieuse la plus puissante de New York vous demande de passer le voir après la mort brutale de son fils, faites-moi confiance, c'est qu'il va pleuvoir des cartouches dans tous les coins des États-Unis dans peu de temps !

*

Le lendemain, me voilà parti en direction de Little Italy pour aller voir Vinny, comme il me l'avait demandé la veille. Pendant que je passe le pont de Brooklyn, je n'arrête pas de réfléchir sur le nom qui va sortir du chapeau. Quelle tête vais-je devoir abattre ? Ce qui est sûr, c'est que je vais devoir tuer quelqu'un pour que Vinny obtienne réparation. Alors qui ? Liam, le tueur débile, coupeur de têtes ? Ou alors Cian, le commanditaire ? Lequel des Connolly aurai-je à faire disparaître de la surface de la terre ? Réponse dans quelques minutes. J'arrive devant la maison de Vinny.

Joe : Bonjour *parrain*.

Vinny : Bonjour Joe. Je t'en prie, assieds-toi. Tu veux boire quelque chose ?

Joe : Un café noir, s'il te plait !

Vinny : Bon Joe, je vais aller droit au but. Tu te doutes bien de la raison pour laquelle je t'ai demandé de venir…

Joe : Oui Vinny, tu veux réclamer vengeance pour ton fils et pour, si je puis dire, te rendre la justice. Il s'agit de mon travail. Alors, tu as fait ton choix ? Liam ou Cian ? Je me doute bien que c'est soit l'un, soit l'autre !

Vinny : Tu as raison Joe. Pour rendre justice dans notre milieu, c'est vrai, c'est toi le meilleur. Tu n'a jamais raté un contrat, ni failli à une de tes missions. Mais aujourd'hui, tu n'auras aucun ordre de ma part concernant Cian ou Liam Connolly. Non Joe, je ne vais pas leur accorder ce qu'ils attendent de moi, non.

Joe : J'ai peur de ne pas comprendre, Vinny. Ton fils est mort, tué froidement par Liam Connolly, et tu ne veux pas te venger ?

En fait, à cet instant même, je saisis ce qu'il va me demander, exactement ce que je ne veux pas …

Vinny : Si Joe, je vais me venger. Mais moi, aujourd'hui, j'ai perdu mon fils et le clan Connolly va perdre le sien. Tu vas aller à Las

Vegas et tu vas descendre le fils de Cian : Michael ! Je veux que Cian Connolly ressente la même chose que moi lorsqu'il m'a pris mon fils. Je veux que ça lui fasse mal, que ça lui arrache les entrailles au plus profond de lui-même et qu'il vive avec le fantôme de son fils jusqu'à la fin de ses jours. Tout comme moi !

Joe : D'accord Vinny, un contrat est un contrat, je vais faire le job. Je te tiens au courant dès que ce sera fait.

Vinny : Encore merci, Joe, pour ton professionnalisme et ton dévouement pour la famille.

Joe : C'est normal, c'est mon métier. À bientôt Vinny !

Mon professionnalisme, mon cul ! Refroidir un gamin de 12 ans qui est hors-sujet… Je ne vois pas ce qu'il y a de professionnel …. Putain de merde, le petit Michael, je ne peux pas faire ça à Dylis ! Et même si je ne veux pas le faire et que je me retrouve au pied du mur entre ma vie et celle du gamin, désolé, mais ce sera ma vie ! C'est peut-être un sentiment un peu égoïste mais, en même temps, j'ai pas demandé tout ce qui arrive.

Bon, pour l'instant, nous n'en sommes pas
là.

Il faut que je réfléchisse et vite. Même si
mon job est simple en soi, il n'en est pas
moins compliqué sur le plan moral. Alors je
sais, un tueur à gages n'est pas censé avoir
une morale, ni de sentiments, mais merde, il
s'agit d'un gosse qui vient d'avoir douze ans
et qui est handicapé ! Qu'est-ce que je vais
faire … ?

L'heure est à la réflexion, alors j'appelle
Sonny et je lui demande de me rejoindre
chez moi. J'ai besoin de son avis. Sonny
n'est pas fan des bains de sang. Il saura
sûrement me conseiller voire peut-être
trouver une solution pour ne pas en arriver à
buter le gosse.

Je vais boire un verre en attendant que Sonny
arrive ! Je suis un amateur de whisky, de très
bons whiskies. Je ne bois que du pur malt, et
je bois toujours le même ! Du Macallan 55
ans d'âge Lalique Crystal. La bouteille coûte
environ 12 500 dollars ! Et ce majestueux
breuvage est vendu dans une bouteille en
cristal Lalique, la classe ! Alors, pour ceux
qui se poseraient la question de savoir
comment je peux me payer des bouteilles de
whisky à 12 500 dollars, je leur répondrais

tout simplement que, dans mon job, je demande un million de dollars par contrat, c'est tout !

Mais voilà qu'on frappe à la porte !

Sonny : Salut Joe.

Joe : Salut Sonny. Rentre ! Vas-y, installe-toi. Un verre ?

Sonny : Oui, s'il te plait. Merci Joe.

Joe : Tu sais pourquoi je t'ai demandé de venir ?

Sonny : Oui Joe et, pour être honnête, je suis content de ne pas être à ta place …

Joe : Ton soutien m'aide énormément, Sonny. Merci beaucoup. Blague à part, je ne peux pas faire ça, Sonny, je ne peux pas descendre le gamin.

Sonny : Je sais Joe, c'est pour ça que je suis venu, pour qu'on trouve une solution. Tu es mon ami et je sais que ce que Vinny te demande, c'est un aller simple pour l'enfer.

Joe : C'est un gosse, il est innocent dans cette histoire et, en plus, il vit dans un monde parallèle au nôtre. Je ne prends pas la vie d'innocents et tu le sais, Sonny. Tu me proposes quoi ? C'est que Vinny attend un résultat à la fin de la semaine !

Sonny : D'accord. Tu peux par exemple le faire disparaître ?

Joe : Non, il n'est pas à même de se débrouiller seul et le second problème, c'est sa mère, Dylis ! Non seulement, elle fera tout pour le défendre mais en plus, s'il disparaît, il faudra s'attendre à une guerre ouverte !

Sonny : Je pense, Joe, que la guerre est déclarée depuis que ce connard de Liam a coupé la tête de Francky !

Joe : Ouais c'est vrai, Sonny. Tu n'as pas tort sur ce coup ! Donc, l'un dans l'autre, il va falloir finir le travail …

Sonny : Oui comme tu dis mais le finir de quelle façon et comment ?

Joe : Je ne sais pas et je me pose encore la question … Écoute Sonny : demain matin, je prends l'avion pour Las Vegas. Je t'appelle quand je suis arrivé sur place et que j'aurai pris un peu la température, ok ?

Sonny : Ok, ça marche, Joe. Fais gaffe à toi ! Eh ! Tu sais qu'il est vachement bon, ton whisky ?

Joe : Bien sûr que je le sais ! J'ai pas pour habitude de boire de la merde et au prix où je le raque en plus ! Allez, à bientôt, Sonny.

Putain, quelle galère … Mais dans tous les cas, à la fin de la semaine, il faudra que j'aie trouvé une solution pour que Vinny ait sa vengeance ! Je vais préparer mon matos et dormir. Il paraît que la nuit porte conseil.

4

Me voilà à l'aéroport JFK. C'est parti pour Las Vegas ! Dans cinq heures, j'atterris là-bas et les choses sérieuses vont commencer.

Les Connolly s'attendent à voir arriver quelqu'un, peut-être moi, qui sait ? Après tout, je ne suis pas le seul exécuteur de la famille Barzzano, mais je suis de loin le meilleur ! Et ça, Cian le sait très bien et, vu l'ampleur du problème, il est conscient que Vinny ne va pas envoyer n'importe qui. Je m'attends à une forte résistance, le clan Connolly ne va pas se laisser massacrer sans rien dire. Putain, c'est vrai qu'ils sont coriaces ces Irlandais !

Je viens d'atterrir à l'aéroport McCarran de Las Vegas. Je sais déjà, par un de mes contacts sur place, que les Connolly habitent à Anthem à la limite de la ville d'Henderson. En attendant de trouver une solution et de commencer mon repérage, je vais prendre mes quartiers au MGM Grand. J'adore cet hôtel et, de plus, il y a tellement de monde qui le fréquente H 24 que je vais pouvoir me noyer dans la foule.

Je suis un fan incontournable de Las Vegas : cette ville ne dort jamais ! De jour comme de nuit, il y a toujours un bar ou un restaurant ouvert et je ne vous parle pas des casinos !

Le temps de faire quelques bricoles et il est déjà 21 h. Il est temps pour moi de commencer à voir la base du problème. J'ai loué une voiture banale à mon arrivée à l'aéroport, ce qui me permet de passer inaperçu.

Lorsque que je commence un repérage, je m'habille toujours de façon classique - un jean et un tee-shirt font l'affaire - tandis que, d'habitude, je porte un costard. J'aime être propre sur moi. Aujourd'hui est un jour spécial et je voulais me sentir classe mais comme le but, c'est de ne pas attirer l'attention, j'ai donc opté pour un costard des plus banals.

Je pars en direction d'Anthem. Arrivé là-bas, je trouve rapidement la maison des Connolly, ou plutôt, la forteresse ! Une propriété de presque quatre hectares avec, posée dessus, une baraque de plus de 500 m carrés habitables ! Je vois qu'ils ne se refusent rien, je vois aussi une piscine intérieure et un haras de chevaux. Il ne manquerait plus qu'ils se soient monté une distillerie de whiskey et ils se croiraient presque en Irlande, ces deux cons ! Les frères Connolly ont vraiment la folie des grandeurs ! Quelle bande de flambeurs, ces deux-là ! Merde, si j'avais su, j'aurais pris mon GPS pour m'orienter dans la maison… Je plaisante.

La maison est munie d'un *check point* à l'entrée, surveillée par quatre hommes lourdement armés de Kalachnikovs, arme de prédilection de tout combattant ou non combattant. Cette arme est tellement simple d'utilisation que même un enfant saurait s'en servir. Pour ma part, la plupart du temps, si je peux faire ça de loin, c'est mieux ! Ça évite trop de liens émotionnels avec la personne que je m'apprête à tuer … Le tir longue distance est donc de loin ma solution numéro un pour exécuter mes contrats.

J'utilise toujours la même arme, un McMillan Tac-338 avec des munitions de 338 Lapua Magnum. Pour mon arme de poing, c'est la même chose. J'emploie toujours la même arme : un Kimber Stainless Raptor II semi-auto de calibre 9×19. Et quand je n'ai vraiment pas le choix, eh bien, il reste toujours la dernière solution, la plus silencieuse mais aussi la plus risquée : le couteau ! Je sais, je suis de la vieille école mais c'est ce qui fait de moi le meilleur.

Voilà pour le petit cours sur les armes mais revenons au sujet du jour si vous le voulez bien : ma reconnaissance des lieux.

Après le *check point* et ses quatre pit-bulls, la maison est entourée de murs de 5 mètres de haut. Je ne suis pas franchement un champion du monde d'escalade. Cela dit, concernant tout le système d'alarme, ils n'ont pas lésiné dessus. Ils ont même mis des capteurs de mouvements dans le jardin. Ça peut être intéressant … Et la cerise sur le gâteau, c'est l'idiot de soldat de la famille Connolly qui passe son temps à survoler la maison avec un drone.

Ça ne va pas être simple mais, dans cinq jours, je dois ramener un résultat à Vinny, ou alors c'est moi qui vais me retrouver avec un contrat sur la tête.

Bon, mon repérage est terminé. J'en ai assez vu comme ça et je devine déjà le travail qui m'attend demain.

En rentrant, je décide de m'arrêter pour manger un morceau. J'ai extrêmement faim, je vais aller me faire un énorme steak cuit au grill, avec une tonne de sauce barbecue dessus et des frites de comptoir ! Et pour ça, j'ai mon restaurant : le Edge Steakhouse, sur Paradise road. Si vous êtes un amateur de viande, comme moi, c'est le meilleur de Las Vegas !

Lorsque je suis dans un lieu public, comme un restaurant, un bar, voire une discothèque, je garde toujours un minimum de professionnalisme. Par exemple, je m'assieds toujours à une table le dos au mur pour avoir une vision d'ensemble et voir qui peut venir vers moi avec de mauvaises intentions, sans que personne n'arrive dans mon dos. Je mange toujours avec mon flingue posé entre mes jambes, si ça doit sulfater, au moins, je suis prêt !

Mon assiette arrive. Rien qu'à sentir l'odeur, je salive déjà. On m'a toujours dit qu'il fallait manger lentement mais j'ai une faim de loup. Aussi, je vais défoncer cette assiette en un claquement de doigts !

Alors que je suis en train de manger tranquillement, un homme entre dans le restaurant. Un homme que je connais très bien même. Putain, je ne le crois pas, ça fait une décennie que je n'ai pas vu cette tête de nœud ! Mon plus redoutable adversaire :

Nilo de la Caridad dit « le Cubain ». Le deuxième meilleur tueur à gages dans le milieu. Ben oui, le premier, c'est moi ! Pourquoi se fait-il appeler « le Cubain » ? Tout simplement parce qu'il est né à Cuba dans une petite ville du nom de Cardenas, ce n'est pas loin du lieu touristique de Varadero[5]. Il a commis son premier meurtre à l'âge de 13 ans et sa première victime était son propre père ! Il fait flipper, le gars, et sa réputation n'est plus à faire. Il est surtout connu parce qu'il a une petite particularité, ou plutôt une signature ! Lorsqu'il exécute un contrat, il tue la personne en enduisant ses balles de fusil avec du curare. Comme ça, s'il manque son tir (ce qui est rare, quand même) et qu'il n'est pas mortel, le poison finit d'achever sa proie ! Il a un côté sadique que je n'ai pas, mais c'est mieux comme ça.

Par contre, c'est un autre problème pour moi, et pas des moindres. Si le Cubain est là, je suis prêt à mettre mes couilles à couper que c'est Cian Connolly qui l'a engagé pour les défendre ou pour trouver le tueur envoyé par Vinny avant qu'il ne les trouve ! Ça n'arrange pas mes affaires de le voir là. Je vais devoir redoubler d'ingéniosité et changer tous mes plans.

---

[5] Station balnéaire populaire de Cuba.

Le voilà qui arrive et qui s'assoit à ma table :

Nilo : Hola Joe ! Ça fait un bail tous les deux !

Joe : Salut Nilo. Quelle coïncidence !? Oui effectivement, ça fait un bail que nos chemins ne s'étaient pas croisés !

Nilo : Oui comme tu dis, Joe, quelle coïncidence … Que fais-tu à Sin City[6] ?

Joe : Comme tout le monde. Le jeu, les putes, cramer quelques dollars au casino, un peu de détente, quoi ! Et toi ?

Nilo : Je suis pas venu pour les putes comme toi, c'est pas trop mon truc. Je suis ici à la demande de Cian Connolly. Apparemment, il craint pour sa sécurité et celle de son frère en ce moment, mais tu dois être au courant ?

Joe : Oui, je suis au courant. Il semblerait que Liam aurait repassé Francky Barzzano mais, comme je te l'ai dit, je ne suis pas ici pour le travail, contrairement à toi. Je suis ici

---

[6] Sin City est le surnom de Las Vegas. Littéralement, cela signifie « la ville du péché » ou encore « la ville du vice ».

uniquement pour passer quelques jours de détente à Vegas. Mon dernier contrat a été très rude donc j'ai besoin de souffler un peu. Cette affaire ne me concerne pas, Nilo.

Nilo : D'accord, je te crois, aucun problème ! Je te souhaite un bon séjour amigo, en espérant ne pas te revoir ! Adios Joe !

Ouais, c'est ça, adios enfoiré ! Tu me prends pour un con. On sait très bien tous les deux pourquoi je suis là, et pourquoi toi, tu es là aussi ! Putain, ce n'est pas possible, j'ai dû être maudit dans une autre vie ! Je les collectionne les emmerdes, comme si ce n'était pas assez difficile comme ça. Maintenant, il faut qu'il vienne s'ajouter à la liste, ce connard de Cubain !

Bon, allez. Assez de pseudo-émotions comme ça pour la soirée, je rentre à mon hôtel. J'ai besoin d'une douche, d'un whisky et de calme pour réfléchir à tout ça. Si je fais une connerie, je suis mort. C'est sûr et certain et, comme le disait Michel Audiard (c'était un grand scénariste français) : « Les conneries, c'est comme les impôts, on finit toujours par les payer ». Et croyez-moi, je n'ai pas envie de payer la facture ! Pas aujourd'hui, ni demain, ni un autre jour, d'ailleurs.

J'arrive à mon hôtel et la porte de ma chambre est entrouverte. Putain, le Cubain voudrait-il prendre les devants ? Il veut me buter avant que je n'accomplisse mon contrat ? Heureusement, je ne sors jamais sans mon arme. Allez, sans attendre, j'ouvre la porte.

Ce n'est pas possible, je n'en crois pas mes yeux. Je m'attendais à tout, mais pas à ça ! Ça fait presque treize ans que je ne l'avais pas vue ! Mais bon Dieu, elle toujours aussi belle …

5

Joe : Bonsoir Dylis.

Dylis : Bonsoir Joe. Je suis heureuse de te revoir. Tu n'as pas changé, toujours aussi élégant !

Joe : Toi non plus tu n'as pas changé, Dylis, tu es toujours aussi belle. Eh oui, toujours élégant, comme tu dis, j'aime porter mes costards comme d'habitude ! Oui mais costard sans cravate ! Je déteste les cravates et tu le sais ! Sinon, blague à part, que fais-tu ici ? La dernière fois que je t'ai vue, tu m'as embrassé, tu m'as dit « À ce soir » et je ne t'ai jamais revue…

Dylis : Je sais et je m'en excuse. Et pour info, je te rappelle que j'habite ici Joe, à Las Vegas. Tu l'as oublié ?

Joe : Je veux dire ici, dans ma chambre, surtout vu le contexte actuel. Et comment tu as su que j'étais ici ?

Dylis : C'est Sonny qui m'a appelée pour me le dire. Même si la vie a voulu qu'aujourd'hui, je sois dans le camp opposé au tien et à Sonny, sache qu'il est toujours un ami pour moi, tout comme toi. Et je n'efface jamais le passé, tu devrais le savoir.

Joe : Qu'est-ce que tu me veux, Dylis ? Tu n'es quand même pas venue parce que nos nuits d'amour et de débauche te manquaient ?

Dylis : Toujours ta petite pointe d'humour dans cette énorme froideur qui t'entoure… C'est ça qui m'a fait craquer chez toi ! Non Joe, je suis venue car, en moins de douze heures, toi et le Cubain, vous avez débarqué à Las Vegas et, comme tout le monde le sait dans le milieu, vous deux dans la même ville, ça ne peut que se finir dans un bain de sang. Joe, je ne veux pas qu'il t'arrive quoi que ce soit.

Joe : Je suis ici pour des vacances. Simple coïncidence, rien de plus.

Dylis : Tu vas arrêter de me prendre pour une conne, Joe. Je suis au courant de toute l'histoire ! Je te rappelle que je suis accessoirement la *consigliere* de mon mari ! Alors, je t'écoute. Dis-moi !

Joe : Que je te dise quoi, Dylis, putain ? Tu débarques dans ma chambre d'hôtel au bout de treize ans et tu veux des réponses ? Tu t'es seulement demandé ce que j'ai ressenti lorsque j'ai appris que tu étais mariée à ce connard de Cian ? T'as rien à foutre avec un tocard comme lui, ce n'est pas toi, Dylis. Ça ne te ressemble pas !

Dylis : Je ne suis pas venue ici pour m'engueuler avec toi, Joe, ni pour parler de ma vie sentimentale. Et tu as toujours eu une place à part dans mon cœur mais j'ai besoin de savoir, s'il te plait. Je ne veux pas que mon fils se retrouve au milieu d'une guerre de gangs et qu'il se prenne une balle perdue.

Joe : Si tu as eu Sonny au téléphone, il a dû te faire un résumé de la situation.

Dylis : Il m'a juste dit que Vinny Barzzano t'avait demandé de venger la mort de son fils, c'est tout. La seule chose que je ne sais pas, c'est qui tu dois tuer. Mais je ne suis pas dupe et je suis, tout comme toi, dans ce milieu depuis trop longtemps pour savoir comment ça marche. Vinny Barzzano a perdu un fils, il va demander la perte d'un autre fils.

Joe : Dylis, il faut que tu partes. S'il te plait, prends ton fils et pars loin d'ici ! Tu as raison, Vinny m'a demandé de tuer ton fils mais, depuis ce moment-là, je n'arrête pas de chercher une solution pour ne pas en arriver là. Ton fils est adorable et il n'a rien à voir dans ce bordel. Ce que je veux, c'est la tête de Liam et, comme tu le sais, si je tue Liam, je devrai tuer Cian également. Mais un contrat est un contrat. Je dois respecter mon engagement vis-à-vis de Vinny. J'ai pas le choix …

Dylis : Fais ce que tu as à faire, Joe, mais s'il te plait, épargne la vie de mon fils, je t'en conjure.

Joe : Tu dois partir Dylis, s'il te plait. Je ne veux pas qu'il se pose des questions, ni qu'on nous voie ensemble. Allez, rentre chez toi et prends soin de ton fils. À plus tard, Dylis.

Dylis : D'accord. À plus tard, Joe. Fais attention à toi.

Pendant que je la regarde s'éloigner, mon cœur bat si fort que je n'arrive même plus à réfléchir. Je sens ma carotide qui tape dans mon cou. Mais pourquoi elle me fait cet effet-là ? Elle m'a toujours fait ça, Dylis. C'est peut-être ça, l'amour… Qu'est-ce qu'un ange de la mort comme moi peut bien connaître à l'amour …Bref… Elle était là, devant moi. Depuis toutes ces années, je me suis toujours demandé ce que je pourrais ressentir si je devais la revoir un jour. Maintenant, je le sais… En fait, je vais arrêter de me mentir, je suis toujours amoureux d'elle … À présent, c'est de l'histoire ancienne, sauf que je ne sais toujours pas pourquoi elle m'a quitté du jour au lendemain. Patience, nous aurons l'occasion de nous revoir, j'en suis persuadé…

Bon, passons. Là, à l'instant, il y a trois questions qui me viennent à l'esprit ! La première : tout le monde sait que je suis en ville donc il y a une fuite dans mon entourage … La deuxième, c'est que, depuis le début, j'ai l'impression d'avoir pris le problème dans le mauvais sens… Je commence par la fin du livre alors que j'aurais dû commencer par l'introduction. Et enfin, la troisième question et la plus importante : qui avait un intérêt ou à qui profite la mort de Francky Barzzano ?

Même s'il y a une animosité entre ces deux familles depuis des décennies, il n'y a, à l'heure où je vous parle, aucun contentieux ! Je dirais donc que quelqu'un veut déclencher une guerre… Mais pourquoi ? Tant que je n'ai pas la réponse à cette dernière question, je ne peux pas savoir si j'effectuerai mon travail ou pas. Tout dépendra de ce que je trouverai.

Demain, je décolle pour Kansas City et j'ai demandé à Sonny de me rejoindre là-bas. Je vais revenir à la source, là où tous les problèmes ont commencé.

6

J'arrive à l'aéroport de Kansas City et Sonny m'attend déjà à la sortie.

Joe : Salut Sonny. Comment tu vas ?

Sonny : Salut vieux frère ! Ça va et toi ?

Joe : Pour être franc, pas très bien ! Hier à Vegas, je suis tombé sur le Cubain ou plutôt, c'est lui qui m'a trouvé.

Sonny : Putain, tu te fous de moi, Joe ? Le Cubain est à Vegas ? Mais qu'est-ce qu'il foutait là ?

Joe : Je sais pas, sûrement qu'il est venu prendre la température ! Ce fils de pute était bien là, assis en face de moi à la table du resto ! Il a joué au con au cours de notre discussion. Il faisait semblant de me croire quand je lui disais que j'étais à Vegas uniquement pour me détendre.

Sonny : Ok mais putain, qu'est-ce qu'il est venu foutre à Vegas ?

Joe : Il m'a dit lui-même que c'était Cian Connolly qui lui avait demandé de venir car il sentait que sa famille était en danger.

Sonny : Tu m'étonnes ! Il est plutôt perspicace, ce con de Cian ! Bon dis-moi, où on va, Joe ? On continuera de parler pendant qu'on roule.

Joe : Ok, on va dans le quartier de River Quay, Sonny.

Sonny : On va faire quoi là-bas ?

Joe : C'est là que Francky s'est fait descendre et je comprends toujours pas pourquoi.

Sonny : Ok Joe, c'est parti. Allons à River Quay !

Arrivé sur place, j'ai prévu de retrouver un vieil ami : Giovanni De Luca. J'ai toujours pu compter sur lui, c'est quelqu'un de fiable et, c'est le plus important, je lui fais confiance ! Si une personne est au courant de tout ce bordel, ça ne peut être que Giovanni. Vous me demanderez : pourquoi ? Eh bien, tout simplement, parce qu'ici, c'est son territoire. La famille Giovanni contrôle le syndicat des camionneurs de Kansas City qui, eux-mêmes, contrôlent une grande partie du pognon qui transite par les casinos de Las Vegas ! Ce n'est pas plus compliqué que ça ! Et pour mettre un point final, aujourd'hui, mon problème est aussi celui de Giovanni et de sa famille. Eh oui, un meurtre a eu lieu sur leur territoire sans qu'ils n'aient donné leur aval ! Ça va compliquer encore plus les affaires des Connolly parce que, maintenant, ils ont deux grandes familles sur le dos et ils vont devoir rendre des comptes !

Je n'ai volontairement pas dit à Sonny qui on venait voir car, vu la tournure que prend cette affaire, je reste méfiant avec tout le monde, absolument tout le monde. Il y a un traître dans mon entourage qui est en contact avec le Cubain et je veux savoir qui !

Sonny : Joe, qu'est-ce qu'on est venu foutre à River Quay ? Pourquoi cet endroit-ci en particulier ?

Joe : Tu vas comprendre dans quelques instants, Sonny. Regarde : il arrive.

Sonny : Mais qui on doit voir, Joe ?

Joe : Giovanni De Luca. On est sur son territoire ici. Il n'y a que lui qui peut me donner les réponses que je recherche. Allez, on y va Sonny, suis-moi !

Pendant que je m'avance à la rencontre de Giovanni, je me demande pourquoi Sonny est aussi nerveux. Ça ne lui ressemble pas. Il est là à mordiller son cure-dents comme si sa vie dependait de cette rencontre ! C'est bizarre… En plus de vingt ans d'amitié avec lui, je ne l'ai jamais vu comme ça. Ce comportement ne lui correspond pas.

Joe : Salut Giovanni. Comment vas-tu ?

Giovanni : Salut Joe ! Ça va ? Salut Sonny. Ça fait plaisir de te voir. Alors Joe, qu'est-ce que je peux faire pour toi ?

Joe : Tu es au courant du meurtre de Francky Barzzano ?

Giovanni : Oui, l'info est remontée rapidement. Dis à Vinny que nous n'avons rien à voir là-dedans et que la famille De Luca compatit à sa douleur. Tu veux savoir quoi ?

Joe : Je le lui dirai. Merci Giovanni. Je le sais que vous n'êtes pas responsables. Je suis venu te demander pourquoi un deal de merde comme celui-là a pu virer au règlement de compte sur ton territoire ? Est-ce que les Connolly t'ont demandé l'autorisation de venir faire une transaction ici ?

Giovanni : Les Connolly ? Mais de quoi tu me parles, Joe ?

Joe : Comment de quoi je te parle ? Putain, c'est Liam Connolly qui a coupé la tête de Francky Barzzano ici, à l'endroit où on se trouve, non ?

Giovanni : Non, non, non, Joe. Tu n'y es pas du tout. Tu te fais balader depuis le début !

Joe : Quoi ? Mais putain, c'est quoi ce bordel ? Et qui me balade ?

Giovanni : Je vais t'expliquer ce qu'il s'est passé. J'avais des hommes à moi ce jour-là qui sont toujours en poste vingt-quatre heures sur vingt-quatre parce que c'est ici qu'on vend la plus grande partie de notre came aux étudiants qui veulent se défoncer. Ce jour-là, deux voitures sont arrivées. De la première, est descendu Francky Barzzano …

Joe : Et l'autre, Giovanni ?

Giovanni : Ils étaient deux. Le Cubain et …toi, Sonny.

Sonny… Voilà pourquoi j'ai rien vu venir…
Je me suis fait avoir comme un bleu. Mon
plus vieil ami qui me plante un couteau dans
le dos ! Si seulement il y a quelques jours en
arrière, j'avais imaginé un scénario comme
celui-là …

Le temps que je me retourne, Sonny a déjà
dégainé son flingue et nous tient en respect
Giovanni et moi. Mais Giovanni est lui aussi
un as de la gâchette et a déjà sorti son
calibre.

Joe : Sonny ! Putain, mais à quoi tu joues ?
Pose ton flingue. On va régler ça
tranquillement dans le calme.

Sonny : Dans le calme, mon cul ! Et à quoi je
joue ? Putain, Joe, tu me déçois. Je te croyais
plus intelligent que ça ! Et pour répondre à ta
question : oui, j'étais là. Je suis désolé, Joe.
Je voulais te le dire mais je ne savais pas
comment faire, et puis tu n'aurais jamais
adhéré à mon plan. Tu es trop honnête et
intègre dans ton travail pour pouvoir trahir
ton camp. Pourquoi tu ne t'es pas juste
contenté d'aller à Las Vegas et de buter le
gosse ? Et l'histoire serait déjà terminée.
Mais il faut toujours que tu cherches des
réponses, Joe. Tu me fais chier !

Joe : Range ton arme, Sonny. On va discuter tranquillement et tu vas tout m'expliquer.

Sonny : J'ai l'air si bête que ça à tes yeux, Joe ? Tu crois franchement que je vais ranger mon flingue et qu'on va discuter tous les trois autour d'une table en buvant un putain de cappuccino, hein ? C'est ça que tu crois, vraiment ?

Joe : Écoutez-moi, les gars. Tout le monde range son flingue et on va rester cool afin de tirer cette histoire au clair. On ne veut pas d'effusion de sang aujourd'hui et surtout pas sur le territoire de Giovanni. De plus, tu sais aussi bien que moi qu'il y a des hommes à Giovanni partout, donc tu ne pourras pas quitter la ville, Sonny.

Giovanni : Joe, avec tout le respect que je te dois, ici, je suis sur mon territoire. C'est pas à moi de baisser mon flingue en premier.

Joe : Je sais, Giovanni. Je te demande juste de ne pas lui tirer dessus, ok ?

Giovanni : Ça marche, Joe. Mais dis-lui de te donner son calibre. Après, on parlera. Je lui laisserai même quitter la ville, s'il veut.

Joe : Tu as entendu, Sonny ? Giovanni te laisse partir sans aucun problème. Tu poses ton flingue, tu montes dans la voiture et tu peux partir, ok ?

Sonny : Bien sûr Joe, que je vais quitter la ville et sans encombre même parce que, si je sors pas de cette ville vivant, Dylis et son fils vont y passer ! Oui Joe, tu m'as bien entendu : ils y passent tous les deux si je ne sors pas de la ville. Eh oui, moi aussi, j'ai couvert mes arrières.

Putain, quel fils de pute ! Jamais au grand jamais, je n'aurais pensé être trahi par un frère comme Sonny. Il menace même de tuer Dylis et le gosse. Mais il est mouillé jusqu'où ? Je ne vais avoir d'autre choix que de le laisser partir, mais maintenant, je vais être sans pitié !

Joe : Vas-y, Sonny, casse-toi ! Mais tu me connais, je vais te retrouver et je vais te descendre.

Sonny : Cause toujours, Joe. J'ai le Cubain derrière moi maintenant. Tu t'es toujours pris pour le numéro un mais le meilleur, c'est lui, et je viens de mettre un contrat sur ta tête.

Joe : Dégage Sonny ! La prochaine fois qu'on se rencontrera toi et moi, la dernière chose que tu verras, c'est la balle de mon calibre qui traversera ta tête de sale vendu que tu es !

Sonny : Ouais, c'est ça. Allez, à plus, Joe !

Pendant que je regarde Sonny monter dans sa voiture et partir à vive allure, je me demande toujours pourquoi il a fait ça et quelle est la finalité de toute cette histoire.

Giovanni : Ça va Joe ?

Joe : Ouais, merci Giovanni. Ça va …

Giovanni : Allez, viens ! Je te ramène. Tu veux aller où ?

Joe : Emmène-moi à l'aéroport. Il faut que j'attrape le premier vol pour Vegas.

Giovanni : Ça marche ! Allez, grimpe, Joe !

À présent, je suis dans la voiture de Giovanni qui me conduit à l'aéroport de Kansas City et il y a une question que je ne me suis pas encore posée : est-ce que Vinny est au courant de tout ça ? Enfin, chaque chose en son temps. Pour l'instant, la priorité, c'est Dylis et Michael.

Giovanni : Voilà Joe. Taxi service express !

Joe : Merci Giovanni. À plus, mon ami !

Giovanni : Eh Joe, si ça sent pas bon pour toi à Vegas et que tu as besoin d'un petit coup de pouce, appelle-moi ! Je serai là avec mes hommes en un rien de temps.

Joe : Ça roule. Merci Giovanni ! À plus et garde ton téléphone à côté de toi.

7

C'est reparti pour un tour ! Me voilà de nouveau à Vegas ! Bon, fini de se taper des barres de rires. Maintenant, je passe aux choses sérieuses. Premièrement, je vais faire le plein d'armes et de munitions. Ensuite, il faut que je trouve un moyen de rentrer en contact avec Dylis ce qui, dit en passant, va être un peu plus compliqué !

À Vegas, j'ai mon fournisseur : un Mexicain qui vit depuis plusieurs années à Sin City. Il s'appelle Joaquim Rojas, c'est un gars réglo. Il a son dépôt sur Somerset Hills avenue.

Avant de m'arrêter, je passe trois fois devant son dépôt, sans freiner, juste pour voir si je ne suis pas suivi et s'il n'y a pas un comité d'accueil ! Je gare ma voiture dans la cour à l'arrière du dépôt pour ne pas qu'on me voie charger. Oui, charger ! Parce qu'aujourd'hui, je pars en guerre ! Et vu comment c'est parti, ça va être mon ultime guerre. Je le sens au fond de moi et, surtout, pour la première fois de ma vie et de ma carrière, je pressens que cette fois-ci, je risque de ne pas m'en sortir

…

Je vais faire ce que j'ai à faire et advienne que pourra ! Pendant que j'attends que Joaquim ouvre la porte de son dépôt, je me remémore ce que mon mentor m'a appris quand j'ai débuté dans le métier. Un jour, il m'a dit : « Si tu veux durer dans ce boulot, souviens-toi toujours de cette phrase : " Ne touche pas au problème, tant que le problème ne t'a pas touché " ». Il avait raison. C'est le meilleur prof que j'ai eu ! Mais aujourd'hui, le problème m'a directement touché puisque j'ai un contrat sur la tête.

Le voilà qui arrive :

Joe : Salut Joaquim.

Joaquim : Salut Joe. Content de revoir ! Alors, tu a des petits ennuis ?

Joe : Oui, si on peut dire. Rien de bien méchant mais je préfère faire quelques réserves au cas où !

Joaquim : Oui, tu as raison, Joe. On n'est jamais trop prudent. À propos, Joe, je suis au courant de ce qui se passe. Tu n'es pas le seul à venir te fournir chez moi mais je suis neutre dans ce bordel. Je suis juste un fournisseur.

Joe : Je sais. Tu n'as rien à craindre de moi.

Joaquim : C'est pas toi que je crains, Joe, mais les représailles des autres parce que je t'ai fourni en armes pour pouvoir les affronter. Alors, quand tu auras récupéré tout ton matos, je vais partir me mettre au vert quelque temps.

Joe : Si tu ne me l'avais pas dit, je te l'aurais conseillé. C'est plus sûr pour toi et les tiens.

Joaquim : Bon, de quoi as-tu besoin ?

Joe : Alors, j'espère que tu as tout en stock car la liste est longue, Joaquim ! Il me faut : 1 HK 416 avec 1000 cartouches, 2 Glock 19 avec 300 cartouches de 9 millimètres, 10 grenades Flash Bang. Il me faudrait aussi un lance-roquettes M72 LAW, tu as ça ?

Joaquim : J'ai tout ce qu'il te faut mon ami. Ici, c'est la caverne d'Ali Baba !

Joe : Et à tout hasard, tu n'aurais pas du C-4[7] qui traîne dans un coin ?

---

[7] Variété d'explosif

Joaquim : Non, du C-4, je n'en ai plus en stock mais, en revanche, j'ai du Semtex[8] si tu veux.

Joe : Ouais, vas-y, envoie ! Ça fera l'affaire. Donne-moi dix pains.

Joaquim : Il ne te faut rien d'autre ?

Joe : Non, je crois que je suis chargé à bloc. Combien je te dois ?

Joaquim : Alors, attends. Laisse-moi te faire l'ardoise. Tu me dois 11 700 dollars, Joe.

Joe : Putain, t'as augmenté tes prix ? Bon, en même temps, c'est du bon matos. Ça les vaut largement !

Joaquim : C'est la crise, Joe, c'est la crise !

Joe : Tiens voilà. Il y a 12 000. Garde le reste, c'est pour m'avoir dépanné. Je te remercie pour tout, Joaquim. Quitte la ville au plus vite et attends que les choses se tassent.

---

[8] Idem

Joaquim : Attends, Joe. Comme je t'ai dit, je suis au courant de ce qu'il se passe mais il y a quelque chose que tu ne sais pas.

Joe : Quoi ? Vas-y, dis-moi !

Joaquim : En fait, Francky Barzzano ne s'est pas fait buter pour du fric.

Joe : Et pourquoi alors ?

Joaquim : Tu as cinq minutes devant toi, Joe ? Que je t'explique.

Joe : Ouais, bien sûr !

Joaquim : Viens. Suis-moi !

On entre alors à l'intérieur du dépôt de Joaquim. On s'assoit et, cela dit, il valait mieux car, en fait, les révélations que s'apprêtait à me livrer Joaquim, eh bien, je ne m'y attendais pas du tout. J'étais vraiment loin du compte et personne n'aurait imaginé ça !

Joaquim : Tu veux une bière ?

Joe : Ouais, avec plaisir ! Elle devrait bien passer celle-là avec la chaleur qu'il fait !

Alors, explique-moi ce que tu sais et que je
ne sais pas !

Joaquim : C'est un peu long mais, pour te
faire un résumé, il y a quatre ans, en pleine
nuit, j'ai été réveillé par des hommes de
main de Barzzano et de Connolly.

Joe : Les deux familles rivales ensemble ?
Mais comment c'est possible, Joaquim ?

Joaquim : S'il te plait, Joe, ne m'interromps
pas. C'est assez compliqué à t'expliquer
comme ça.

Joe : Désolé. Vas-y, je t'écoute.

Joaquim : Donc, ils ont débarqué chez moi.
Ils ont mis ma femme et ma fille en joue
avec leurs flingues. Ils m'ont dit que, dans la
camionnette garée devant, il y avait le corps
d'un homme et que je devais aller le faire
disparaître, sinon ils tuaient ma famille.

Joaquim commence à se mettre à pleurer, je
ne l'avais jamais vu dans un tel état ! Ces
sacs à merde ont dû y aller sacrément fort
avec lui …

Joaquim : Alors je l'ai fait, Joe. Je l'ai fait, je
n'avais pas le choix ! Je l'ai fait pour la vie

de ma femme et de ma fille, tu comprends,
Joe ?

Joe : Je ne te juge pas, Joaquim et je
comprends très bien ce que tu as dû faire.
Continue.

Joaquim : Alors, j'ai pris la camionnette, j'ai
chargé six sacs de chaux vive et je suis parti
seul au fin fond de ce putain de désert. Il n'y
a que là-bas et tu le sais que si tu dois faire
disparaître un corps à jamais, il n'y a *que là-
bas* pour le faire. Arrivé dans un coin
tranquille, j'ai commencé à creuser, à creuser
et je n'arrêtais pas de penser à ma famille, en
espérant que je les retrouverais vivantes
quand je rentrerais chez moi. Une fois mon
trou prêt, j'ai alors sorti le corps du gars du
camion avant de le jeter dedans. J'ai hésité
de longues minutes à me demander si je
devais connaître l'identité du mort ou non. Si
je ne sais pas qui c'est, moins de poids à
porter sur mes épaules donc moins de
problèmes ! Mais, en même temps, si je sais
qui c'est, ça peut aussi me permettre quelque
part de me constituer une assurance en disant
que je sais qui est mort et où le trouver si un
jour on me le demande. Tu vois, Joe ?

Joe : Oui je vois très bien, Joaquim. Ou alors, tu t'es tout simplement collé une cible sur la poitrine …

Joaquim : Tu as sûrement raison, Joe. Alors, j'ai décidé de regarder juste pour savoir pourquoi ma famille et moi, nous étions en danger. Quand j'ai ouvert le sac dans lequel était le macchabée, je l'ai tout de suite reconnu… C'était le député Steven Holt, tu te souviens de lui ?

Joe : Oui… oui, bien sûr que je m'en souviens. C'était un politicard véreux qui a disparu du jour au lendemain ! L'enquête des fédéraux est toujours ouverte d'ailleurs ! D'accord, Joaquim, je commence à recoller les morceaux. Mais pourquoi ils l'ont buté, ces deux cons ?

Joaquim : C'est là que l'histoire se complique, Joe. Le député Holt les faisait, entre parenthèses, chanter. Vinny Barzzano voulait investir dans un casino pour pouvoir blanchir tout son argent sale. Il lui fallait l'approbation de juste un membre de la commission pour pouvoir acheter un casino alors Vinny a acheté le vote du député Holt mais celui-ci a été plus gourmand que prévu !

Joe : Et pour Cian Connolly ? Qu'est-ce qu'il a à voir là-dedans ?

Joaquim : Cian a simplement acheté le député Holt afin qu'il fasse pression sur les services immobiliers de la mairie de Las Vegas pour pouvoir acheter tous les dépôts des vieux quartiers. Il voulait les transformer par la suite en véritables entrepôts logistiques pour la production, le traitement et le conditionnement de la cocaïne ! Mais le plus important de l'histoire, c'est pas ça, Joe.

Joe : Ah parce qu'il y a autre chose en plus de tout ça ? Vas-y, je suis tout ouïe !

Joaquim : Le soir où ils se sont vus tous les trois pour passer le marché, la transaction s'est faite dans la dépendance de la propriété des Connolly. Au moment de conclure la transaction, le député Holt a réclamé plus que ce qui était prévu au départ.

Joe : Combien il leur a demandé ?

Joaquim : Cinquante millions chacun !

Joe : Putain … Il a signé son arrêt de mort tout seul comme un grand.

Joaquim : Oui, exactement ! Ce petit politicard de merde a cru qu'il pourrait faire chanter les deux plus gros mafieux des États-Unis. Alors ils ont tous les deux payé sans broncher. Devant lui, ils ont fait la transaction bancaire sur un compte *offshore*. Sauf que ces deux débiles, une fois la transaction faite, ils l'ont buté ! Dès lors, aucun moyen pour eux de récupérer leur pognon puisque, quand ils l'on buté, ils ont défouraillé leurs flingues sur lui et ils ont explosé son ordinateur portable, ces cons-là ! Mais …

Joe : Mais quoi ?

Joaquim : Quand tout ça s'est passé, ce qu'ils ne savaient pas, c'est que le fils Connolly, Michael, qui avait dans les 8 ou 9 ans, quelque chose comme ça, était planqué au-dessus, sur la mezzanine et il a tout vu ! Quand je te dis tout, Joe, c'est vraiment tout !

Joe : Je vois ce que tu veux dire, Joaquim. Il a vu non seulement le meurtre mais aussi le numéro de compte où est le pognon. Mais le gosse est inoffensif puisqu'il est retardé. Quel intérêt de buter un gosse handicapé ?

Joaquim : Exact mais là où tu fais erreur, Joe, c'est que le gosse n'est pas un débile profond !

Joe : Il est autiste, c'est ca ?

Joaquim : Exactement. Il souffre du syndrome d'Asperger. Les enfants atteints de ce syndrome ont une intelligence normale ou supérieure à la normale ! Mais ils présentent des troubles de communication et d'interactions sociales ainsi que des comportements stéréotypés. Tu comprends mieux maintenant ? Le gosse est un putain de génie ! Dans son monde, certes, mais un génie quand même !

Joe : Ouais putain, je comprends que le gosse a mémorisé le numéro de compte bancaire et que les deux crevards veulent récupérer leur pognon ! Sauf que le gamin doit d'abord donner le numéro de compte et après, ils vont le buter pour ne pas qu'il parle du meurtre du député Holt. Mais qu'est-ce que vient faire Sonny dans tout ça ?

Joaquim : Là, je ne peux pas t'aider, Joe. Je t'ai dit tout ce que je savais.

Joe : Tu m'en as déjà assez dit comme ça, Joaquim. Je n'oublierai jamais tout ce que tu viens de faire pour moi. Va retrouver ta femme et ta fille et reste loin de Las Vegas pendant un petit moment, le temps que les choses se tassent un peu.

Joaquim: Ça marche, j'y vais ! Adios Joe, hasta luego !

Joe : Salut Joaquim ! Prends soin de toi. À bientôt.

Pendant que je regarde Joaquim partir, tout le brouillard qui m'aveuglait vient de se lever en un instant ! Aujourd'hui, l'heure de la *vendetta* a sonné ! Ma priorité, c'est de sortir et de mettre Dylis et Michael à l'abri ! Je m'occuperai des autres après. Parce que là, je vais avoir du boulot.

Vinny, Cian, Liam, Sonny et le Cubain contre moi !
Ça ne va pas être une partie de plaisir, je vais sûrement avoir besoin de renfort. Je vais peut-être appeler Giovanni pour un peu d'aide. Après tout, si on dézingue tout le monde, il va y avoir des territoires libres ensuite sur le marché de New York et Las Vegas. Ça pourrait l'intéresser...

8

Pendant que je roule vers la villa des Connolly, je cherche une solution pour pouvoir entrer en contact avec Dylis, mais le plus grand problème, c'est que ça va être difficile de lui expliquer toute cette histoire et surtout qu'elle me croit ! Ce qui va être encore plus compliqué en soi.

C'est alors que je me rappelle : il y a quelques années, j'avais laissé vivre un jeune hacker. Comment il s'appelait déjà ? Ah oui, Jimmy Hernandez. Je l'avais fait passer pour mort. Je me souviens, à l'époque où je devais le descendre, il n'avait que 17 ans. La mafia lui avait mis un contrat sur son melon parce qu'il avait piraté les comptes des casinos à Las Vegas et Atlantic City. Toutes les familles m'avaient payé pour que je le descende mais ce n'était qu'un gamin. Je me souviens quand je l'ai gaulé dans sa chambre et que je lui ai posé mon calibre sur la tempe : il avait pissé dans son pantalon ! Je ne l'ai pas buté ce jour-là. Ben tout d'abord, ce n'était qu'un gosse comme je vous ai dit, et puis en plus, ça ne méritait pas une balle dans la tête. Après tout, il n'avait fait que détourner de l'argent qui, légalement, n'existait pas !

Je me suis toujours dit qu'un jour, il pourrait m'être utile et il s'avère que ce jour est arrivé. Qui plus est, là où j'ai cartonné, c'est que j'ai réussi à le cacher depuis toutes ces années ici même à Las Vegas ! Le seul endroit où ils n'iront pas le chercher, c'est à côté d'eux ! En même temps, ils le croient mort !

Allez, c'est parti ! Changement de cap et direction la planque de Jimmy !

Je sonne…

Joe : Salut Jimmy.

Jimmy : Salut Joe. J'ai rien fait ! Je te jure que je me tiens à carreau. J'ai rien volé, je te le jure !

Joe : La ferme Jimmy ! Je suis pas revenu pour te descendre. Si j'avais dû le faire, tu serais mort depuis cinq ans. Bon, tu m'invites à entrer ? Ou tu vas me laisser sur le palier ?

 Jimmy : Oui vas-y, rentre Joe. Assieds-toi… euh… fais comme chez toi, d'accord ?

Joe : Je suis pas venu pour vivre en colocation avec toi, Jimmy, mais pour te demander un service.

Jimmy : Ah bon ? Toi…euh… T'as besoin de moi ? Pas de problème ! Dis-moi ce que je dois faire et je le ferai. Demande-moi n'importe quoi, ce que tu veux.

Joe : Voilà, je vais pas t'expliquer en détail mais il faudrait que tu me mettes en relation avec Dylis Connolly.

Jimmy : Quoi ? Joe, je ne veux plus de problèmes avec la mafia. S'il te plait, laisse-moi en dehors de ça.

Joe : Calme-toi, Jimmy ! Je te rappelle que, pour toute la mafia, tu es déjà mort ! J'ai touché un million de dollars pour t'avoir tué !

Jimmy : Putain, je valais un million à l'époque ?

Joe : Non, ducon. Le million, ce sont mes honoraires pour t'avoir tué, ok ? Alors maintenant, au boulot.

Jimmy : Ok. Donc, comment tu veux que j'entre en contact avec elle ?

Joe : J'en sais rien. C'est toi le petit génie de l'informatique, pas moi, ok ? Il faut que tu me trouves soit un numéro de téléphone, soit une adresse mail. N'importe quelle faille pour que je puisse la prévenir qu'elle est en danger, elle et son fils.

Jimmy : Putain Joe, ça a l'air d'être grave la merde, ton truc ! Bon accorde-moi quelques minutes, que je passe par des fenêtres dérobées.

Le gamin se met à pianoter son ordinateur à une vitesse folle.

Jimmy : Ça y est, j'y suis ! Je suis rentré. Joe, si je te dis que Madame Connolly emmène son fils tous les jeudis à 9h30 au Sunrise Children's Hospital, ça t'intéresse ?

Joe : Putain que oui, ça m'intéresse ! Elle y emmène le gosse pour quoi faire ?

Jimmy : Ça, je sais pas trop. Attends, je regarde le compte-rendu du dernier rendez-vous… Alors, ça dit que le petit Michael Connolly, âgé de 12 ans, voit régulièrement une pédopsychiatre du nom de docteur Ashley Green. Regarde, c'est écrit là.

Joe : Ouais, je vois. Tu peux m'envoyer les coordonnées sur mon portable ?

Jimmy : C'est parti.

Joe : Merci Jimmy. Garde ton téléphone à côté de toi. Je risque sûrement d'avoir encore besoin de tes services.

Jimmy : Aucun problème, Joe. N'hésite pas, vraiment. Si tu as besoin, je suis là pour toi.

Joe : Jimmy, arrête de flipper ! Je ne te ferai rien et, sincèrement, je te remercie pour ton coup de main. À plus Jimmy et reste planqué !

Maintenant que je sais où et quand, il me reste à trouver comment ! Je ne vais même pas lui parler à Dylis. Je vais carrément les exfiltrer de l'hôpital et les cacher jusqu'a ce que j'aie réglé définitivement le gros problème qui me colle au cul. Il faut être logique : tant qu'ils seront tous en vie, Dylis et Michael seront toujours en danger. Dès lors, pour éviter qu'un problème vous poursuive, ben… il faut le supprimer !

*

Avant de rentrer dans ma planque pour dormir un peu, je vais aller faire un tour vite fait du côté de la villa Connolly, juste histoire de voir ce qu'il s'y passe. Pendant mon trajet, je repère une voiture qui ne me lâche pas. Elle est collée à mon cul depuis que j'ai tourné sur Tropicana Avenue. Bon, je ne sais pas qui c'est mais s'il veut s'amuser, alors amusons-nous !

Je commence à tourner dans une rue, puis une autre, je fais trois fois le tour d'un bloc. Rien à faire, il ne me lâche vraiment pas alors je vais passer au plan B.
Donc le plan B, comment vous expliquer…Ben tout simplement, je l'emmène dans un endroit isolé et je le sulfate à grands coups de fusil-mitrailleur. En gros, je l'attire dans un endroit tranquille pour le fumer et m'en débarrasser, c'est tout !

Je l'entraîne donc gentiment jusqu'au Clark County Westlands Park. C'est un grand parc avec plein d'usines de traitement des eaux. Arrivé là-bas, je trouve une impasse et je me jette dedans volontairement pour lui faire croire qu'il m'a eu. Je tire mon frein à main et mets ma voiture en travers de la route. Je descends de ma caisse et je le braque avec mon fusil HK 416. C'est une arme redoutable ! Ça tire des munitions de 5×56 OTAN montées sur un chargeur de 30 cartouches, d'une cadence de tirs de 700 à 900 coups par minute avec une portée pratique de 300 mètres ! Alors autant vous dire que j'espère qu'il a apporté autre chose que sa quincaillerie sinon, je vais n'en faire qu'une bouchée de ce connard.

Le voici qui arrive. Je l'attends de pied ferme ! Sa voiture s'arrête. La portière s'ouvre. Dans quelques instants, je vais savoir qui a décidé d'ouvrir les hostilités.

Joe : Tiens, Sonny ! Quelle mauvaise surprise !

Sonny : Salut Joe. Avant que tu me troues la carcasse, laisse-moi t'expliquer, s'il te plait.

Joe : Vas-y ! Tu as 2 minutes. Après, je te truffe le cul au plomb fondu ! C'est clair ?

Sonny : Oui très clair. Je ne m'attends pas à un traitement de faveur avec toi. Je t'ai trahi et je vais en payer les conséquences. Ils sont à mon cul et mes heures sont comptées.

Joe : Qui est à ton cul, Sonny ?

Sonny : Vinny et Cian ont envoyé le Cubain pour me descendre donc, avant que ce ne soit fait, je vais t'expliquer. Je voulais juste foutre en l'air le clan Connolly avec l'aide du Cubain pour avoir ma propre famille, ici à Las Vegas, mais je n'étais pas du tout au courant de ce que savait le gosse le jour où on a tué Francky. Je voulais monter les deux familles l'une contre l'autre pour qu'elles s'entretuent et que moi, par la suite, je puisse récupérer le territoire des Connolly. Voilà, tu sais tout. Je suis désolé, Joe, vraiment.

Joe : J'en ai rien à foutre de tes excuses, Sonny. Depuis le temps que tu me connais, tu devrais savoir que s'il y a une chose par-dessus tout que je ne supporte pas, c'est la trahison. Tu étais un frère pour moi. J'ai bien dit « tu étais »…

Sonny : Attends, Joe. S'il te plait…

Il n'a pas eu le temps de finir sa phrase que je lui ai vidé le chargeur de mon HK dans le bide. C'est la première fois dans toute ma carrière de tueur professionnel que je ressens ça … J'ai l'impression que je me suis arraché une partie de moi-même. Mais putain, qu'est-ce qu'il m'arrive ? C'est quoi ces conneries, merde, je ressens des remords, de la tristesse, de l'empathie. Je n'éprouve même plus ce détachement, cette froideur, ce bloc de glace qui m'empêchent d'avoir un lien quelconque avec mes victimes. Bref, je dois sûrement me faire trop vieux pour ce genre de boulot.

Bon, je penserai à ma retraite plus tard. Pour l'instant, il faut que je fasse le ménage. Il ne manquerait plus que les flics se pointent. Je décide de faire simple car ce soir, j'ai pas trop le temps. Non seulement, je suis claqué, mais en plus, il faut que je mette en place tout un plan pour demain matin pour pouvoir, entre parenthèses, kidnapper Dylis et Michael.

Je remets Sonny dans sa voiture. Je l'installe au volant, je sors un jerricane d'essence, j'asperge la voiture, je craque une allumette et adieu Sonny…
Ça n'aurait jamais dû finir comme ça entre lui et moi. Il était comme un frère pour moi mais la trahison reste la trahison.

Mon mentor me disait toujours que donner une deuxième chance à quelqu'un qui vous a trahi, c'est comme donner une deuxième balle à quelqu'un qui vous a manqué une première fois !

Ça fait un de moins. Plus que quatre ! Il me reste Vinny, les frères Connolly et bien entendu cet enfoiré de Cubain. Maintenant, je n'ai guère le choix que d'aller jusqu'au bout. Je me souviens qu'au pays, en Sicile, les anciens disaient toujours : « Sangu chiama sangu », ce qui veut dire : « Le sang appelle le sang ». Et là, autant vous dire que, ce soir, cette phrase prend tout son sens… Mais pour ma défense, c'est pas moi qui ai commencé ! Ils l'ont voulu, la merde. Ils ont décidé de me prendre pour un fusible en m'envoyant au carton. Ma colère est maintenant sans limite jusqu'à ce que je les mette tous au fond d'un trou !

Allez, je me casse avant que la police ne pointe le bout de son museau. J'arrive dans une maison que j'ai louée sous un faux nom. Aussi, je ne gare jamais ma voiture directement dans la rue. Pour plus de sécurité et pour ne pas être vu, je la planque dans le garage et, une fois le portail baissé alors là, je descends de la voiture. C'est une maison quelconque, parmi tant d'autres, dans un petit quartier résidentiel. Pour ne pas me faire remarquer, j'ai également mis dans le jardin, devant, un ballon et un vélo rose de petite fille. Comme ça, la maison passe pour une maison de famille normale, tout ce qu'il y a de plus normal ! Quand vous faites ce job, il est très, très important d'être comme monsieur tout le monde. Plus vous paraissez normal, plus vous vous fondez dans la masse et plus vous avez de chances de réussite à la fin. Ça, c'est mon secret et, croyez-moi ou non, en vingt ans de métier, je n'ai jamais eu aucune embrouille et je ne me suis jamais fait chopper !

Je me prends une douche, j'allume la télé et je m'assois sur le canapé avec un bon verre de whisky. Je vais regarder un match de football américain. Qui est-ce qui joue, ce soir ? Ah oui, les Bears de Chicago contre les Raiders de Las Vegas. Ça promet un bon match !

Pendant que je le regarde et que je sirote mon petit verre, je réfléchis à demain matin. Putain, demain matin… Mais comment je vais m'y prendre pour les sortir de cet hôpital en passant à travers les mailles du filet ? Parce qu'en soi, le problème, c'est pas d'entrer dans l'hôpital, c'est d'en sortir avec Dylis et Michael et surtout, le plus important, sortir en vie ! Si je ne me trompe pas, ils vont arriver avec deux voitures. Dans la première, il y aura les deux gorilles à l'avant et Dylis et Michael à l'arrière, suivis d'une deuxième voiture avec, à l'intérieur, la crème de l'intelligence à l'état pur : les soldats de Cian ! Eh oui... ces gars-là, ils n'ont pas inventé la machine à cambrer les bananes. C'est pour ça qu'il suffit de leur donner un flingue et de leur dire de tirer sur tout ce qui bouge ! C'est la seule chose qu'ils savent faire, ces cons-là !

Enfin, je sais par avance qu'ils se déplacent dans de gros SUV de type Chevrolet Suburban. À six contre un, je ne pourrai pas tous les descendre alors le mieux, c'est que, quand j'aurai récupéré Dylis et Michael, il va falloir foncer. La meilleure solution, c'est de les semer. Au pilotage, j'ai une chance. Les affronter ? Trop nombreux pour moi. Bon, je vais dormir. Demain, une très rude journée m'attend.

9

Le lendemain, je me réveille à 6h, comme tous les matins. Je suis un couche-tard et un lève-tôt. Je me prépare un petit-déjeuner simple mais efficace au cas où il faudrait que je brûle quelques calories, ce qui va sûrement être le cas. Œufs brouillés, bacon, saucisses et un demi-litre de jus d'oranges pressées. Oui, le vrai avec la pulpe ! Pas cette merde de jus d'orange chimique vendu dans les supermarchés !

Maintenant que je me suis bien rempli la panse, je pars voir un concessionnaire autos que je connais bien. Si je veux pouvoir les semer, il me faut une caisse puissante, très puissante. Je prendrais bien ma Mustang mais je ne veux pas que ces cons me bousillent ma voiture… C'est une œuvre d'art. Lorsque j'arrive, elle est là. Je la regarde… Exactement ce qu'il me faut : une Dodge Challenger SRT Demon, soit la voiture de grande série la plus rapide du monde ! C'est celle-là qu'il me faut et pas une autre. Avec ça, ils n'auront pas encore enlevé leur frein à main que je serai déjà à la frontière mexicaine.

Joe : Salut Bill. Comment vas-tu ?

Bill : Sacré nom de Dieu, Joe ! Ça fait plaisir de te revoir depuis tout ce temps ! Mais que fais-tu ici ?

Joe : Oui c'est vrai, ça fait un bail. Écoute, Bill, j'ai besoin que tu me rendes un service.

Bill : Oui bien sûr, Joe, tout ce que tu veux. Viens dans mon bureau, on sera plus tranquilles pour parler. Alors qu'est-ce que je peux faire pour toi ?

Joe : Voilà, c'est le bordel avec la famille Connolly et, comme tu te doutes bien, je vais être invité d'ici peu à la cérémonie des cartouches tirées ! J'ai besoin d'une voiture, Bill. Un truc super rapide qui a du répondant car je vais avoir du monde au cul dans peu de temps. J'avais pensé à la Dodge Challenger SRT Demon que tu as devant là …

Bill : Joe, cette caisse coûte 140 000 dollars, putain ! Tu te rends compte de ce que tu me demandes ?

Joe : Oui Bill, je m'en rends bien compte. Donne-moi les clés de cette caisse et, en compensation, il y a un cadeau pour toi dans ce sac. Après, je te garantis que j'y ferai attention comme à ma vie.

Bill : Te fous pas de moi, Joe. Tu es à moitié suicidaire donc la voiture, je sais très bien que je ne la reverrai jamais. Tiens ! Prends les clés et casse-toi.

Joe : Merci Bill ! À charge de revanche.

Bill : Eh Joe, fais gaffe à toi !

Joe : À plus Bill.

Putain, je le crois pas ! Je suis au volant de ce petit bolide. Elle passe de 0 à 100 km/h en 2,9 secondes ! Bon maintenant, j'arrête de faire le con et de me comporter comme un gamin, c'est qu'il y a du boulot qui m'attend.

Allez, c'est parti ! Direction l'hôpital.

*

Arrivé à l'hôpital, je me gare à l'arrière du bâtiment, par là où rentrent toute la blanchisserie, les cuisines, enfin toute la logistique de l'établissement. Je monte au quatrième étage et je me cache dans un bureau désaffecté pour finir de me préparer en attendant qu'ils arrivent. Je suis un peu en avance. La seule solution pour moi, c'est d'attendre qu'ils soient dans le bureau du docteur pour pouvoir les approcher. Les gorilles, quant à eux, n'ont pas le droit d'y rentrer pendant la consultation. Donc, c'est ma seule fenêtre et j'ai pas intérêt à la chier ! Pendant que j'attends qu'ils arrivent… Mais putain, qu'est-ce qu'il m'arrive ? Ça recommence : mon cœur qui tape si fort dans ma poitrine que j'ai l'impression qu'il va sortir ! Mais qu'est-ce qu'il m'arrive, bon Dieu ? Putain, même avant les flammes de l'enfer, j'ai toujours été calme. Pourquoi ça me fait ça ? Une fois tout ça fini, il va vraiment falloir que je songe à prendre ma retraite …

Je les entends, ils arrivent. Je reconnais la voix de Dylis. L'adrénaline, la colère, la rage et la haine envahissent mon corps mais je dois garder la tête froide pour rester au maximum concentré et méthodique comme je sais si bien le faire. Alors, pour vous résumer la situation, je suis dans un bureau désaffecté à environ 10 mètres de l'endroit où vont se trouver Dylis et Michael en plein milieu d'un hôpital pour enfants. Déclencher une fusillade dans un endroit comme celui-ci ne serait pas très approprié ! Je suis un excellent tireur donc, moi, c'est sûr, je vais mettre dans le mille à chaque fois que je vais presser la détente mais la bande à Rambo, eux, ils vont pas se poser autant de questions ! Surtout qu'il pourrait y avoir sûrement beaucoup de dommages collatéraux ! Et je suis contre le fait de faire du mal aux innocents donc, pour l'instant, je vais laisser mes flingues rangés au chaud et je passe à un autre mode d'attaque : le couteau. C'est tout aussi rapide et efficace et ça fait pas de bruit !

Je n'attends plus ! J'ai trouvé une blouse de docteur, je l'enfile et je sors. Je me dirige en direction du bureau où se situe Dylis. Je n'ai rien à craindre des gardes du corps, ils ne me connaissent pas. Ils ne m'ont jamais vu ! J'avance d'un pas ferme et serein… Putain, mais c'est pas vrai ! Qu'est-ce qu'il fout ici ce con de Cubain ? Lui, par contre, il me connait ! Je suis lancé et je ne peux pas faire machine arrière. Tans pis, je fonce dans le tas. Le Cubain se retourne et me fixe. Il me regarde comme s'il venait de voir la mort en face de lui ! Il a raison car, aujourd'hui, la mort pour lui, c'est moi ! Changement de plan : je laisse tomber mon couteau au sol et, finalement, pas le choix, je sors mes deux Glock 19 et j'ouvre les hostilités ! Je commence par tirer directement sur le Cubain avant qu'il n'ait le temps de sortir son arme ! C'est lui qui peut me poser le plus de problèmes donc, sans aucune hésitation, je lui loge deux balles : une dans la poitrine, l'autre dans le ventre. Il s'écroule sur le sol et ne bouge plus. C'en est-il vraiment terminé du Cubain ? On dirait bien que oui. J'aurais pensé que notre combat aurait été plus acharné que ça … Pour ma part, petite déception et petit pincement au cœur. Ensuite, sans m'arrêter de marcher vers le bureau, j'abats les deux gardes du corps qui sont devant la porte. Ils s'effondrent au sol, c'est fini. Je dois me dépêcher, le temps m'est compté : les autres en bas ont dû entendre les coups de feu, il ne faut pas trainer ici. J'ouvre alors la porte du bureau :

Joe : Dylis !

Dylis : Joe ! Mais que fais-tu ici ?

Joe : J'ai pas le temps de t'expliquer, il faut que toi et ton fils veniez avec moi. Vous êtes en danger. S'il te plait, tu as toujours eu confiance en moi, alors ne change pas tes habitudes.

Dylis : D'accord ! Viens Michael. C'est Joe, c'est un ami de maman. Tu n'as rien à craindre, on va aller se promener avec Joe, d'accord ?

Le gamin, effrayé par le bruit assourdissant des détonations, est un peu déboussolé. Pendant qu'on court en direction de l'ascenceur, deux autres gardes du corps nous ont rattrapés. Je mets Dylis et Michael à l'abri derrière l'angle d'un mur. Le temps que je me retourne, ils sont sur moi. Le corps-à-corps est inévitable. Le premier se rue sur moi. Pas de chance pour lui : je le stoppe net dans son élan avec un magistral coup de tête. Il tombe au sol et commence à se demander qui lui a éteint la lumière. Le deuxième sort un couteau. Je le désarme, lui fais une clé de bras et le finis avec un coup de genou en pleine mâchoire. Son dentiste va avoir du travail ! Si mes calculs sont exacts, il y en a cinq au tapis donc il ne doit en rester qu'un en bas.

Nous reprenons notre course folle à travers les couloirs de l'hôpital jusqu'au monte-charge qui va nous mener jusqu'à ma voiture. Par chance, il est là, je presse tout le monde à l'intérieur. Les portes se referment et Dylis me dit en hurlant :

Dylis : Mais merde, Joe, qu'est-ce qui se passe ?

Mais bordel, qu'est-ce que je peux bien lui répondre hormis la vérité ?

Joe : Dylis, ton mari et Vinny Barzzano sont dans une merde monumentale et la seule solution pour eux de s'en sortir, c'est de tuer ton fils !

Dylis : Quoi ? Mais de quoi tu parles, Joe ?

Joe : Laisse-moi nous sortir de là ! Quand on sera à l'abri, je vais prendre le temps de tout t'expliquer en détail, ok ?

Dylis : Ok Joe. De toute manière, à cet instant, je n'ai confiance en personne d'autre que toi.

Putain, tu m'en diras tant ! Vu la merde dans laquelle elle est, la seule personne de confiance, c'est celle qui lui sauve la vie !

Nous arrivons à ma voiture. Vite, je les fais monter à l'intérieur et je démarre le moteur. Le V8 et ses 819 canassons ronronnent gentiment. Quel bruit magnifique. Maintenant, voyons ce qu'elle a dans le ventre. C'est parti ! Pied au plancher, je sors du garage et le dernier garde du corps… Ah non, putain de merde, ils sont encore deux ! Ils commencent à tirer dans notre direction. Je sors mon flingue et je commence à les allumer pendant que je conduis. J'ai installé

Dylis et Michael couchés sur la banquette arrière pour pouvoir les protéger des balles. J'ai réussi à en descendre un mais l'autre grimpe dans son Suburban et commence à nous poursuivre. Il va vite abandonner. Il me faut de la place pour que ce moteur monstrueux puisse enfin s'exprimer. Je décide d'aller chercher la route 15 en direction du nord. Tant mieux pour moi, il n'y a personne. Je peux alors ouvrir le capot. Cette bagnole est fantastique ! Je suis collé au siège. J'ai l'impression que je vais décoller en direction de la lune ! Bon, après avoir fait fondre l'asphalte, je m'aperçois que j'ai largué l'autre guignol depuis belle lurette. J'emprunte alors une autre route pour rejoindre ma maison.

Cette fois-ci, j'y suis et en plein dedans. Les frères Connolly vont croire que j'ai kidnappé Dylis et Michael. Ils ne vont pas tarder à savoir que j'ai fait un carton sur le Cubain et, à mon avis, ils ont déjà été avertis de la mort de Sonny ! Je pense que mon message ne peut pas être plus clair que ça :
VOUS ÊTES LES PROCHAINS !

10

Arrivé à la maison, comme d'habitude, je passe plusieurs fois devant, histoire de voir si j'ai pas un comité d'accueil qui m'attend. On dirait que la planque est sécurisée, je rentre la voiture dans le garage et j'en fais sortir Dylis et Michael. Le gamin est effrayé, je le vois sur son visage. Nous rentrons dans la maison.

Joe : Dylis, il faut qu'on parle. Il y a une chambre pour Michael au fond à droite. Il doit être exténué et c'est mieux qu'il n'entende pas ce que j'ai à te dire.

Dylis : D'accord Joe, merci. Je reviens. Juste le temps de coucher Michael et qu'il s'endorme.

Joe : Ok, je nous sers un verre en attendant.

Pendant que j'attends que Dylis mette Michael au lit, je me demande toujours ce qu'il m'arrive. C'est quoi ce bordel ? Ça fait deux fois que ça se produit. J'ai peut-être des problèmes de santé et je ne le sais pas ! Vous me direz : la dernière fois que j'ai vu un médecin, c'est le jour où je suis né ! Je ne comprends pas pourquoi j'ai le cœur qui s'emballe comme ça. Je fais peut-être de la tachycardie ? Ou j'ai sans doute un problème cardiaque ou une connerie comme ça ? C'est pas que je sois vieux, j'ai 42 ans, mais c'est sûr, j'ai plus 20 ans ! Bon, une fois que toute cette histoire sera terminée, j'irai voir un médecin, pour la deuxième fois de ma vie … et je me ferai faire un check-up.

La voilà qui arrive :

Joe : Il est endormi ?

Dylis : Oui, il était extenué et toutes ces émotions d'aujourd'hui ne lui ont pas été bénéfiques non plus.

Joe : Je sais, Dylis, et je m'en excuse mais je n'avais pas le choix.

Dylis : Ne t'excuse pas mais explique-moi, Joe. Je ne comprends rien à tout ça.

Joe : Ok. Ton mari et Vinny Barzzano étaient en affaire, il y a un petit moment, avec le député Steven Holt.

Dylis : Celui qui a disparu ?

Joe : Oui, celui-là même. Un soir, ils se sont retrouvés tous les trois dans la dépendance de votre propriété. Le député devait aider Cian et Vinny à obtenir des approbations pour un business. Sauf que le politicard a été trop gourmand et il a voulu plus, beaucoup plus !

Dylis : Il leur a demandé combien ?

Joe : 50 millions chacun. Au total, 100 millions de dollars. Mais Cian et Vinny ont très mal pris ce pseudo-racket venant du député alors ils l'ont descendu. Seulement, ces deux as de la gâchette sont aussi fins que du gros sel, donc ils ont salopé le travail. Ces deux cons ont vidé leurs chargeurs sur le député mais, en plus, ils ont en même temps explosé son ordinateur jusqu'à la carte mère, donc impossible pour eux de récupérer leur pognon. Comment n'as-tu rien entendu ? Je veux dire : ils ont vidé deux chargeurs sur un mec à moins de cinquante mètres de toi et tu n'as rien entendu ?

Dylis : D'accord. Jusqu'ici, je te suis mais qu'est-ce que ça a à voir avec mon fils ? Et puis, la dépendance, Cian l'avait fait isolée avec le même revêtement que pour les studios d'enregistrement de musique. Il disait qu'il ne voulait pas de bruit lorsqu'il travallait dans son bureau.

Joe : Ok, je comprends mieux. Donc, je te disais : le soir où ils ont abattu le député, ton fils Michael était caché juste au-dessus, dans la mezzanine. Non seulement, il a vu le meurtre mais, en plus, grâce à son autisme, si j'ose dire, il a mémorisé le numéro du compte bancaire du député !

Dylis : Oh mon Dieu ! Je ne peux pas le croire… Mon petit garcon, mais qu'est-ce que…. Je ne sais plus quoi penser. Et ils ont voulu le tuer parce qu'il avait vu le meurtre mais il ne dira jamais rien, il est autiste !

Joe : Tu te trompes, Dylis.

Dylis : Quoi ? Mais comment ça, je me trompe ?

Joe : Ton fils est atteint d'une forme d'autisme qui s'appelle le syndrome d'Asperger.

Dylis : Non, le médecin qui le suit m'a dit que…

Joe : S'il te plait, écoute-moi, Dylis. Le médecin qui suit ton fils depuis des années est payé par ton mari. Ils t'ont fait croire ce qu'ils ont voulu sur ton fils ! Écoute-moi, s'il te plait. Michael est atteint du syndrome d'Asperger. Les enfants atteints de ce syndrome ont une intelligence normale pour certains et supérieure à la normale pour d'autres ! Ton fils fait partie des intelligences supérieures à la moyenne ! Il présente les mêmes troubles des interactions sociales ou comportements qu'un enfant autiste quelconque mais, en réalité, il est super intelligent et sa mémoire est un véritable ordinateur ! Michael a tout vu et tout mémorisé et, dans ce cas, son autisme n'est pas reconnu comme maladie devant un tribunal donc son témoignage peut être recevable aux yeux de la justice et envoyer Cian et Vinny en prison pour très longtemps ou même plus ! Je te rappelle quand même que la peine de mort est toujours en vigueur dans l'État du Nevada ! Donc, je pense, à mon avis, qu'ils se sont dit : « On va laisser tomber le fric mais, par contre, on ne va pas griller sur une chaise électrique ». Donc, ils ont décidé de tuer Michael ! Voilà, tu sais tout.

Dylis : Je n'arrive pas y croire, Joe… Je suis abasourdie. Je… ne sais pas quoi dire.

Joe : Il n'y a rien à dire, Dylis, rien du tout…Ton mari est un pourri. Aujourd'hui, il est prêt à tout pour tuer sa femme et son fils. Ça en dit long sur le personnage. De plus, il t'a menti pendant toutes ces années sur ses agissements alors que je te rappelle juste au passage que tu es sa *consigliere*. Et le fait d'avoir pris un arrangement avec un médecin pour qu'il te dise que ton fils est handicapé mental… Il t'a prise pour une conne depuis le début…Je suis désolé pour toi, Dylis. Je sais que ce n'est pas la vie que tu aurais voulu…

Dylis : La vie que j'aurais voulu … C'était avec toi que je rêvais de la vivre.

Joe : Tu te fous de moi ? Je te rappelle que c'est toi qui m'as planté du jour au lendemain ! Je me suis retrouvé comme un con, à me demander pendant toutes ces années : « Mais qu'est-ce que j'ai fait de mal pour qu'elle me quitte ? » Et encore aujourd'hui, je n'ai toujours pas la réponse !

Dylis : Je suis désolée, Joe, vraiment. Je te demande de me pardonner pour tout ce que je t'ai fait.

Joe : Je m'en balance de tes excuses, Dylis ! Dis-moi, pourquoi tu es partie ?

Dylis : Je ne peux pas, Joe. Je suis vraiment désolée…désolée…

Pendant que je la regarde, là, assise sur le canapé en train de pleurer, une horrible pensée me traverse l'esprit... Après tout, qu'est-ce que je m'emmerde à essayer de sauver sa vie et celle de son gosse alors que je n'ai même pas droit à des réponses. J'ai l'impression que je me donne à fond sans aucun retour ! Je ne veux pas le faire, vraiment, vraiment, vraiment, je ne veux pas faire ça mais si je tue Michael, il n'y a plus de problème. Et je suis sûr que les frères Connolly et Vinny ne me poursuivront pas. Ils savent très bien qu'ils ne font pas le poids face à moi !

Aveuglé par ma colère, je sors mon arme, visse mon silencieux sur le canon et me dirige vers la chambre où dort Michael. Dylis essaie de me retenir. Elle pleure toutes les larmes de son corps en me suppliant de ne pas faire ça mais ma décision est prise. J'en ai ma claque de tout ce bordel, cela doit cesser.

Dylis est accrochée à moi. Dans mon emportement, je la bouscule contre le mur. Je rentre dans la chambre de Michael et je pointe mon arme sur sa tête. Mon doigt est sur la gâchette. Je n'ai qu'à la presser et mes problèmes disparaîtront en un éclair ! Mais putain, voilà que ça recommence : j'ai mal dans la poitrine, mon cœur s'emballe une nouvelle fois. Je l'entends. Il tape, il tape encore et encore. Il tape tellement fort que cela devient assourdissant. Puis, soudain, j'entends Dylis derrière moi qui m'appelle :

Dylis : Joe, s'il te plait ! Je t'en supplie, ne fais pas de mal à mon fils ! Il n'a rien à voir là-dedans et je n'ai que lui. Il n'a pas voulu tout ça. S'il te plait, Joe, il est toute ma vie !

Pendant que j'écoute Dylis pleurer à genoux dans l'encadrement de la porte en me suppliant d'épargner la vie de son fils, je le regarde dormir paisiblement. Putain, mais qu'est-ce que je suis en train de foutre. Ce n'est qu'un gosse. Ça va à l'encontre de ce que je suis et de mes principes. Je suis complètement déboussolé. Je ne sais plus où j'en suis… Et alors que j'essaie de reprendre mes esprits pour avoir une pensée logique, voilà que Dylis me porte le coup de grâce …

Joe : Pourquoi je ne le ferais pas ? Donne-moi une bonne raison de ne pas tuer ton fils, Dylis. Après tout, mes problèmes actuels découlent de lui donc, en toute logique, si je le supprime, je supprime mes problèmes.

Dylis : Joe, merde, comment je vais te dire ça …

Joe : Me dire quoi Dylis ? Putain, arrête avec tes sous-entendus ! J'en ai marre maintenant ! Marre des mensonges, marre des secrets, marre de tout ça ! Alors, dis-moi, qu'est-ce que je ne sais pas ? Dis-moi, je t'écoute. Allez, dis-moi…

Dylis : C'est ton fils….

Joe : Quoi ? …Mais qu'est-ce que tu racontes ? Michael ?

Dylis : Oui, Joe. Michael est ton fils, c'est pour ça que je t'ai quitté et je suis désolée. Je m'en veux. Pardonne-moi, Joe, de ne t'avoir rien dit …

L'idée qu'un jour, je sois père ne m'a jamais ne serait-ce qu'effleuré l'esprit. Là, à cet instant même, si on me donnait le choix entre me faire tabasser avec des pelles ou d'accepter d'être son père, je vous le dis sans aucune hésitation, je choisirais les pelles !

Joe : Viens, on va aller s'assoir. Explique-moi car ces derniers jours ont été plutôt éprouvants pour moi et j'ai l'impression que tout m'échappe.

Dylis : Ce jour-là, le jour où je t'ai quitté sans rien dire… Ce matin-là, quand tu es parti, je ne me sentais pas dans mon assiette et, comme toute femme, quand quelque chose ne va pas, on a vite fait le tour de la question. J'ai fait un test de grossesse et il était positif. Je venais d'apprendre que j'étais enceinte de toi.

Joe : Pourquoi ne m'as-tu rien dit ? Et sans vouloir mettre ta parole en doute, qu'est-ce qui me prouve que c'est mon fils ?

Dylis : Parce que tu n'étais pas prêt, Joe. Tu n'étais pas prêt à être père, à voir un enfant débarquer dans ta vie. Voilà pourquoi ! Et je ne pouvais pas t'imposer un enfant ! Et moi, cet enfant, je voulais le garder, je ne voulais pas avorter. Alors, j'ai pris ma voiture et j'ai quitté New York en direction de Las Vegas. Et si tu te poses encore la question de savoir si c'est vraiment ton fils, va regarder sa cuisse droite, il a la même tache de naissance que toi !

Vu mon état de colère, je me lève et je fonce dans la chambre. Je soulève la couverture et…je suis forcé de me rendre à l'evidence… Je reviens alors dans le salon. Dylis me regarde avec un léger sourire et me lance :

Dylis : Alors ? Convaincu ?

Je ne prends même pas la peine de lui répondre…

Joe : Reprenons : tu as fait New York–Las Vegas en voiture ? Mais il y a 4000 bornes au moins !

Dylis : Je sais. J'ai roulé pendant 2 jours en faisant quelques pauses. J'ai dormi dans la voiture.

Joe : Qu'en savais-tu que je ne voudrais pas de cet enfant ? Tu ne m'as même pas posé la question. Tu ne m'as pas laissé une seule chance… Tu es partie comme une voleuse.

Dylis : Joe, à ce moment-là de ta vie, de notre vie, tu étais le seul homme avec qui je voulais passer ma vie, et c'est toujours le cas. Mais tu étais aussi, à cette période, le meilleur tueur à gages. Tout le monde te convoitait ! Toutes les familles s'arrachaient tes services. Il n'y avait pas de place pour un enfant dans ta vie, dans notre vie !

Joe : Pourquoi Las Vegas ?

Dylis : Honnêtement, je ne sais pas. Au début, j'ai commencé à rouler et puis, j'ai pris la décision de prendre la direction de Las Vegas, sans trop savoir pourquoi… Alors j'ai roulé, roulé et encore roulé. Deux jours après, lorsque je suis arrivée, je ne savais pas quoi faire ni où aller. C'est pourquoi je suis entrée dans le premier casino que j'ai vu, je me suis dirigée à la première table de Craps, je me suis assise et j'ai misé 5000 dollars sur la table. Quand j'ai levé la tête, Cian était assis en face de moi, il a gagné la partie et il m'a demandé si j'avais faim. Je lui ai répondu que oui. Alors, nous nous sommes assis et on a mangé, discuté… Au début, il était très charmant mais il n'était pas toi. Le soir même, il m'a emmenée chez lui. Il m'a laissé la chambre d'amis et la suite, tu la connais. Je suis restée avec lui. Michael est arrivé. Nous nous sommes mariés et depuis… Voilà, tu connais toute l'histoire. Je ne sais pas quoi faire ou quoi te dire pour que tu me pardonnes, Joe.

Joe : Je pense qu'il n'y a pas grand-chose à dire, Dylis… Tu as déjà tout dit… Tu veux faire quoi maintenant ?

Dylis : Je ne sais pas, Joe. Je suis complètement perdue mais une chose est sûre : c'est qu'aujourd'hui, j'ai avec moi l'homme que j'aime et mon fils et je ne veux perdre aucun de vous deux ! Je me suis plantée une fois, je ne reproduirai pas la même erreur une seconde fois ! J'en ai marre de cette vie de merde, entourée de mafieux et de vivre avec une épée de Damoclès au-dessus de la tête. Je veux vivre normalement, libre, sans avoir à surveiller mes arrières pour savoir qui va venir me tuer ou tuer mon fils. Tu m'entends, Joe ? Je veux être heureuse, c'est tout ! Heureuse avec toi et Michael.

Pendant que je console du mieux que je peux Dylis qui pleure, je pense déjà à la façon dont je vais régler le problème une fois pour toutes ! Cela doit cesser et rapidement et, pour ça, il n'y a pas trente-six solutions ! Je dois tous les buter et les faire disparaître de la surface de la planète ou alors nous serons poursuivis toute notre vie.

Pour être franc, moi aussi, j'en ai marre de ce boulot. Vingt ans, deux putains de décennies à abattre des gens sans me poser de questions, ni me retourner, à continuer tous les jours comme si de rien n'était ! Et aujourd'hui, en plus, eh bien, j'ai une autre raison de vivre. L'amour de ma vie enfin retrouvé et mon fils qu'il va falloir que j'apprenne à connaître… Un autre combat, sûrement le plus difficile de toute ma vie…

Je vois bien que Dylis est à bout. La voir aussi mal et voir mon fils autant en danger m'a ouvert les yeux … Alors que je l'envoie dormir dans ma chambre, je reste sur le canapé à boire du whisky et à réfléchir à demain, ou plutôt à tout à l'heure parce que, mine de rien, il est déjà 02h14 du matin !

Je vais les laisser planqués dans la maison. Je sais déjà que personne ne les trouvera ici, la planque est sûre. À 8h, je décolle et je vais mettre un terme à cette chasse à l'homme. J'ai appelé un indic sur Sin City. Ce gars-là, il sait tout sur tout le monde. Ne me demandez pas comment il fait, il me rend service, c'est déjà bien. Il m'a confirmé que Vinny et les frères Connolly sont tous les trois dans la villa de Cian et qu'ils ont carrément monté un siège ! C'est pas grave. Comme dit le dicton : « Aux grands maux, les grands remèdes » ! S'ils se sont barricadés, je vais les dynamiter !

Bon, il faut que je dorme sinon demain, je ne vais pas être frais pour faire ma petite guerre de rue. Allez, bonne nuit, Dylis et bonne nuit, mon fils…

11

7h15, je me réveille. J'ai dormi plus que prévu. Pas grave, ça ne peut pas me faire de mal. Ce matin, je vais faire l'impasse sur le petit déjeuner, comme ça, je serai plus léger pour courir et tirer ces enfoirés comme des lapins. Je nettoie mes armes, il faut qu'elles soient nickel. Tout à l'heure, elles vont avoir du travail.

Je charge tout mon matos dans ma voiture. Je revois une dernière fois les plans de la maison des Connolly mais surtout, avant de partir, je vais voir Dylis et Michael. Juste les regarder, une dernière fois car je ne sais pas si, dans une heure, je serai encore en vie ou si je serai mort, tout simplement.

Pendant que je suis en train de descendre Las Vegas Boulevard pour aller rejoindre la route de Henderson, je me dis qu'un peu de renfort ne serait pas de trop, alors je décide d'appeler Ochoa. C'est un gars que j'ai formé il y a quelques années de ça. Aujourd'hui, il dirige son propre cartel. Je vais lui demander de venir ne serait-ce que pour divertir les soldats à l'entrée, le temps que je me faufile dans la villa et que j'aille chercher ces trois sacs à merde !

Joe : Salut Ochoa. C'est Joe Carmino.

Ochoa : Salut Joe. Comment vas-tu ?

Joe : À vrai dire, je suis dans la merde et je compte, d'ici une heure, m'y enfoncer encore plus, jusqu'au cou à peu près !

Ochoa : Ok, je vois. Qu'est-ce que je peux faire pour toi, mon ami ? Je t'écoute.

Joe : Je m'apprête à aller mettre une grosse branlée aux frères Connolly et à Vinny Barzzano, tu veux en être ?

Ochoa : Rien que ça ! Les frères Connolly et Vinny Barzzano ! Bien sûr que ça me branche ! Ils me pètent le business depuis des années ! Donc, si tu m'ouvres un boulevard, mais carrément que je veux en être ! Dis-moi juste où et quand.

Joe : Dans une heure, tu me rejoins à Old Vegas Trail ! Et amène du monde, je ne veux pas les rater et je ne veux surtout pas qu'ils s'en sortent !

Ochoa : Compte sur moi, mon ami, je serai là ! À tout à l'heure, Joe.

Joe : À tout à l'heure, Ochoa !

Et voilà, une bonne chose de faite ! Dans une heure, je vais mettre fin au règne des frères Connolly et surtout à celui de Vinny Barzzano ! Ce vieux con de macaroni va en avoir pour son pognon. Bien sûr, après, je serai tricard à vie des États-Unis. Eh oui, c'est ce qui arrive quand quelqu'un tue deux parrains de la mafia dont un qui est « capo dei tutti capi » : le boss de tous les boss !

Un jour, Pablo Escobar a dit : « Tous les empires sont créés de sang et de feu ». Il n'avait pas tort. La seule différence, c'est qu'aujourd'hui, ça ne va pas être la création mais la destruction d'un empire dans le sang et le feu. Après tout, ils vont juste récolter ce qu'ils ont semé !

Pendant que j'attends Ochoa et sa bande, je regarde une dernière fois les plans de la villa. Ils pensent sûrement que je vais venir en pleine nuit, sauf qu'on va débarquer à 10h du mat'. À mon avis, je vais rentrer par la grande porte tranquillement, sans stress. Ça aura quand même plus de panache ! Et surtout, ils ne vont pas comprendre ! Pendant ce temps-là, Ochoa et ses hommes vont encercler la propriété et fumer tout ce qui s'y trouve.

Je vais juste demander à Ochoa de n'en garder qu'un seul vivant. Lui, il sera le messager pour New York. Je vous explique : lorsque vous vous apprêtez à descendre deux gros parrains de la mafia, ça va profiter à certains pour leur business mais pour d'autres, ils vont y perdre ! Un exemple : à New York, Vinny Barzzano a une grande partie des juges et des flics dans sa poche, ce qui lui permet d'avoir une protection pour faire son business tranquillement, sans être inquiété par la justice. Mais cette protection, il en fait aussi bénéficier les autres familles qui, en échange, paient pour ce service-là ! Donc, quand j'aurai buté Vinny, ces familles vont se retrouver sans protection et, par conséquent, le business va en pâtir. Dès lors, je vais devenir l'homme à abattre. Celui qui fait perdre de l'argent !

Pour qu'ils comprennent que je ne plaisante pas, il faut envoyer un messager qui va leur expliquer gentiment que, s'ils ne me foutent pas la paix *ad vitam aeternam*, je m'occuperai d'eux aussi ! Je pense que le message ne peut pas être plus clair que ça !

Voilà Ochoa qui arrive avec le renfort :

Ochoa : Content de te revoir Joe ! Les gars, vous êtes devant une légende dans le milieu : je vous présente Joseph Carmino. Dites-vous bien que c'est un honneur pour vous tous aujourd'hui de bosser avec ce gars !

Joe : Merci Ochoa. Alors, tu es prêt à tout faire péter ?

Ochoa : Putain, mon vieux, plutôt deux fois qu'une ! Alors, je t'écoute. Quel est le plan ?

Joe : Je vais me présenter à la porte principale.

Ochoa : Attends, Joe. C'est ton opération, ok. Moi, dans l'histoire, si on les bute tous, ça va me permettre d'agrandir mon territoire et de bosser pénard sans avoir ces cons de Connolly sur le râble mais là, c'est du suicide, Joe !

Joe : Ne t'inquiète pas. J'ai tout prévu. Je veux juste que tu t'occupes de tous ces hommes. Moi, à l'intérieur, je ferai mon job.

Ochoa : Comme tu veux, Joe. C'est toi le boss.

Joe : Ah oui, dernière chose : vous en gardez un vivant. Comme ça, il fera passer le message aux autres à New York.

Ochoa : Ok ! Allez, c'est parti, les gars ! Vous avez entendu le patron ? Faites chauffer vos flingues, il va y avoir du sport !

Je monte dans ma voiture et je commence à rouler tranquillement vers la propriété des Connolly. Je suis serein, je n'ai aucune pression. Je vais faire ce que j'ai à faire et peu importe comment cela va finir. De toute façon, il faut que cela finisse. Je ne vais pas passer le reste de ma vie à regarder au-dessus de mon épaule.

J'arrive devant le portail :

Joe : Salut ! Dis à Cian Connolly que Joe Carmino est ici, il m'attend.

Soldat : Êtes-vous armé, Monsieur Carmino ?

Joe : Tiens ! C'est mon 9 millimètres. T'as intérêt à me le rendre quand je ressors ou je te flingue, ah ah ah.

Il a rigolé mais à moitié. Ils n'ont pas d'humour, ces cons-là.

Soldat : Vous pouvez y aller, Monsieur Carmino. C'est tout droit.

Joe : Ok, merci.

J'avance dans ce domaine de trente millions de dollars et, quand j'arrive à l'entrée de la villa, Liam est là, il m'attend.

Liam : Salut Joe.

Joe : Salut Liam.

Liam : Tu as un autre flingue sur toi ?

Joe : Non rien d'autre. Je suis juste venu discuter, c'est tout.

Liam : Ok. Allez, viens. Suis-moi.

J'arrive dans le grand salon et ils sont là, en face de moi, les trois salopards. À ma grande surprise, le Cubain est là, en chair et en os. Putain, il est plus coriace qu'une moule qui s'accroche à son rocher, cet enfoiré !

Joe : Toujours en vie, le Cubain ?

Le Cubain : Oui, comme tu vois. Maintenant, ça va être à ton tour, Joe, et je vais pas te rater. Crois-moi sur parole.

Joe : Si tu le dis, tête de nœud, je t'encourage. Vas-y ! Il faut toujours croire en ses rêves !

Vinny : Bon, ça suffit, les filles ! Arrêtez de vous disputer. Joe, je te connais. Ça fait plus de vingt ans. Je ne voulais pas qu'on en arrive là. Tu étais comme un fils pour moi.

Joe : Un fils Vinny ? Et tu essaies toujours d'assassiner tes fils ? En parlant de fils, pourquoi tu crèves pas cet enculé de Cubain ? C'est lui qui a décapité Francky !

Vinny : Joe, on ne va pas épiloguer pendant vingt ans sur la question. Tu as tué Sonny, tu as essayé de tuer le Cubain. Tu n'as pas respecté ton contrat et, aujourd'hui, je me demande ce que tu viens faire ici.

Joe : Je suis venu vous demander à tous ici présents de nous laisser tranquilles, moi, Dylis et Michael. Si vous refusez, vous serez tous morts avant le coucher du soleil. Et ça, c'est une promesse.

Vinny : Même si je reconnais ton énorme talent, Joe, la loi du nombre n'est pas à ton avantage et un contrat est un contrat, Joe. Le gosse devait mourir !

Le temps que Vinny finisse sa phrase, Ochoa a lancé son attaque. Liam, qui se tenait à côté de moi, sera le premier à en faire les frais. Je l'attrape et, dans ma colère, je lui brise la nuque. Je récupère son arme avant qu'elle ne touche le sol et je loge une balle en plein dans la tête de Cian. C'en est fini des frères Connolly. Pendant ce temps-là, le Cubain et Vinny ont pris la fuite dans la maison. Il leur est impossible de sortir puisqu'Ochoa bloque tous les accès de la maison. La chasse à l'homme commence. Je vais laisser partir le Cubain et je vais me concentrer sur Vinny. Je vais me farcir ce gros tas de merde qui pue la mozzarella pas fraîche à dix kilomètres. Je le poursuis et je le vois aller se réfugier dans la piscine intérieure. Je rentre en restant sur mes gardes. Il ne faut pas oublier que, dans sa jeunesse, Vinny était un franc-tireur. Je ne mets pas longtemps à le repérer, son gros ventre dépasse d'un pilier. Je le contourne, me place derrière, lui colle le canon de mon arme sur la nuque.

Et là, Vinny me dit :

Vinny : Alors, c'est comme ça que ça doit finir, Joe ?

Joe : Oui, Vinny. C'est comme ça que ça doit finir. Adieu Vinny.

Sans aucune hésitation, je presse la détente. Le coup part. La balle traverse sa tête, son sang éclabousse l'eau et Vinny s'effondre dans la piscine. Voilà, fin des ères Barzzano et Connolly. Mais mon travail n'est pas pour autant fini ! Il me reste le Cubain et lui, je ne vais pas le lâcher. Si je ne veux plus jamais être inquiété, je dois le supprimer. Je sors de la maison et je rejoins Ochoa qui a sacrément fait le ménage dehors. Une vingtaine de corps jonchent le sol. C'est un triste spectacle mais c'est le seul moyen pour remettre les compteurs à zéro et espérer enfin reprendre une vie normale.

Ochoa m'appelle :

Ochoa : Joe, je t'en ai gardé un vivant. Si tu le veux, il est là.

Joe : Comment tu t'appelles ?

Soldat : Giancarlo, monsieur Carmino.

Joe : Vu que tu sais qui je suis, je vais te laisser en vie. Tu vas aller à New York et tu vas dire aux autres chefs de famille qu'aujourd'hui, Joseph Carmino est libre, que ça leur plaise ou non. Et s'ils refusent, dis-leur qu'il faudra alors qu'ils subissent ma colère, tu as enregistré ?

Soldat : Oui Monsieur Carmino. C'est très clair.

Joe : Allez, dégage et délivre-leur mon message.

Le travail terminé, Ochoa est maintenant tranquille pour étendre son business. Je le remercie et dis au revoir à mon ami. Avant de partir, un des gars d'Ochoa me dit qu'il a vu le Cubain s'enfuir vers le désert. Et il m'assure qu'il l'a touché avec son flingue. Je me lance aussitôt à la poursuite de cet empaffé.

Je ne mets pas bien longtemps à le rattraper. Arrivé à sa hauteur, il se retourne et nous sommes là, face à face, comme dans un duel de western. Lequel va dégainer le premier ? J'avais tous les avantages inimaginables sur lui pour en finir mais, au moment de tirer, la malchance me tombe dessus : à l'instant où nous dégainons d'un commun accord, mon arme s'enraille. Le coup ne part pas… C'est trop tard. Adieu Dylis, adieu mon fils. Le Cubain tire à deux reprises et il fait mouche les deux fois. La première balle traverse la droite de mon cou de part en part et la seconde vient se loger dans la gauche de mon abdomen. Je m'écroule sur le sol aride de ce putain de désert du Nevada. Je vois ma vie défiler. Je ne pourrai plus être là pour protéger ma nouvelle famille et le Cubain va les retrouver pour finir le travail. Mais jusqu'à mon dernier souffle, je me battrai quoi qu'il en coûte. Je me battrai pour que ma femme et mon fils puissent vivre.

Alors que j'essaie tant bien que mal de me relever, j'entends une forte détonation. Aussi forte qu'assourdissante, je reconnais le bruit. C'est un tir longue distance. Je me retourne et je vois le Cubain s'effondrer sur le sable chaud du désert avec un trou dans la poitrine aussi profond que la fosse des Mariannes. Cette fois, c'est sûr, il est mort. C'en est totalement fini de cette putain d'histoire…

Pendant que je tente de me redresser, je vois au loin un homme qui marche vers moi. Ce qui est sûr, c'est que ce gars est mon sauveur. Mais qui ça peut bien être ? Plus les secondes passent et plus je me vide de mon sang. Je le sens, je commence à m'enfoncer.

Quand soudain, il apparaît devant moi, je ne peux pas le croire.

Giovanni : Salut Joe. Alors t'as besoin d'aide, on dirait, mon pote ?

Joe : Giovanni De Luca, mon ami ! Mais que fais-tu ici ?

Giovanni : Tu a une femme extraordinaire, Joe, vraiment ! Ne la lâche jamais celle-là ! C'est Dylis qui m'a appelé dans la nuit pour me dire que tu allais régler tes comptes aujourd'hui avec le gratin de la mafia ! Alors, je suis venu faire un tour sur cette route déserte que prennent tous ceux qui ont des comptes à régler, histoire de voir si tu n'avais pas besoin d'un coup de main ! On dirait bien que je te tombe à pic, Joe !

Pendant que je continue à me vider, Giovanni me charge dans sa voiture et me transporte vitesse de la lumière à l'hôpital le plus proche.

Après avoir passé trois heures au bloc opératoire et avoir rencontré un médecin pour la deuxième fois de ma vie, je me réveille dans ma chambre et la première chose que je vois, c'est mon fils assis sur une chaise à côté de moi et qui me tient la main.

Dylis est là, debout face à moi au pied du lit. Une larme coule le long de sa joue mais, pour une fois, c'est une larme de joie.

En voyant mon fils me tenir la main, mon cœur recommence à s'emballer mais, cette fois-ci, j'arrive à le maîtriser parce qu'aujourd'hui, je comprends enfin pourquoi il réagit comme cela.

C'était tout simplement qu'il était l'heure pour moi de passer le relais. Mon cœur, tout comme l'ensemble de mon corps, étaient arrivés à saturation et ils me disaient juste qu'il était temps d'arrêter.

Il était temps de tourner la page … pour maintenant en réécrire une nouvelle.

*

Deux mois se sont passés depuis le règlement de compte de Las Vegas.
Aujourd'hui, Michael, Dylis et moi-même vivons paisiblement sur une plage du Costa Rica.
Aujourd'hui, pour la première fois de ma vie, je suis heureux et je suis sûr de connaître le sens du mot.

Un médecin psychiatre brésilien, du nom d'Augusto Cury, a écrit un jour : « Être heureux, c'est trouver la force dans le pardon, l'espoir dans les batailles et l'amour dans les petites choses de la vie ».

Je les ai trouvés tous les trois !

FIN